目次

大学病院の漢方診療科で働く薬剤師。
現代医療における漢方のあり方に悩んでいたが、
ある日、白銀の髪の少女と出会い、「幽世」へと迷い込む。
そこで流行する「病」を前に、自分のできることを模索し始めるが……。
代々、漢方を家業としてきた一族の出身で、祖父や父も漢方家だった。

御巫《みかなぎ》綺《き》翠《すい》

幽世の巫女。怪異を祓う能力を有し、
同種の役割を担う人間の中でもその力は極めて強い。
一見、冷たい印象を与えるが、
感情表現が苦手なだけで、実は優しい心根の持ち主。
妹と二人で暮らしている。祖先は金糸雀とともに
「現世（現実世界）」と「幽世」の分離に関わった。

幽世《かくりよ》の薬剤師

PARALLEL UNIVERSE
CHEMIST

6

プロローグ

長い冬が明けて、春になった。

境内の隅で忘れられていた残雪も姿を消し、入れ替わるようにして咲き誇った桜も一時の栄華を満喫して、間もなく散った。

後には、新雪のように降り積もった無数の花びらだけが残されている。

季節は移ろい、巡り、そしてまた元へ戻る。

竹箒《たけぼうき》で境内を掃く作業を早朝から続けていた御巫綺翠《みかなぎきすい》は、不意に手を止めて小さく息を吐いた。

普段であれば見る者を圧倒する鋭い美貌《びぼう》も、今は心ここにあらずというようにどこかぼやけている。

竹箒の柄《え》に両手を添えて、杖《つえ》の要領で身体《からだ》を支えながら空を仰ぐ。

爽《さわ》やかに晴れ上がった雲一つない蒼天《そうてん》も、彼女の心に空いた穴を埋めるには至らない。

穴——そう、まさに穴だ。

空洞のように深く、どこまでも暗い穴——。

そのとき、一陣の風が境内を吹き抜けた。

せっかく集めた桜花《おうか》が空を舞い、元の場所へ戻るように散り散りに広がっていく。

万物は、乱雑さを求める。

降り積もった雪は、やがて融《と》けて川となり、当然そうであるべきかのように大海へと合流する。美しく咲き誇る桜も、必ず花びらを風に散らす。

つまり、自然というものは、拡散へと向かっていくのだ。

一箇所に留まっていることのほうが、状態としては異常であるとさえ言える。

——人も同じなのかもしれない、と綺翠は思う。

出会いがあれば、当然、別れもある。

一時的に一所に留まっていたとしても、時間が経《た》てばまたその場を去っていく。

唯一《ゆいいつ》の肉親である妹の穂澄《ほずみ》でさえ、いずれは結婚して綺翠の元を離れていくのだろう。

万物の法則には、自然の掟《おきて》には、何人《なんぴと》たりとも逆らうことができないのだ。
ならば――〈今〉もまた、必然なのかもしれない。
たぶん、胸の奥に燻《くすぶ》るこの熱い気持ちでさえ、時間と共に冷めていくのだろう。
感情もまた、拡散を免れない。
もしかしたらそれは、人が生きる上で獲得した機能なのか。
不可避の〈別れ〉に対する、唯一の救済が〈忘却〉なのだから――。
「――空洞淵《うろぶち》くん」
無意識に、彼の名を口にする。
たったそれだけのことで、燻っていた気持ちがまた激しく燃え盛る。
同時に、胸を切り裂かれるような鋭い痛みもぶり返す。
奥歯を噛《か》みしめて、胸を押さえる。
熱い鼓動が手のひらに伝わる。
発作にも似た昂《たか》ぶりから、綺翠は予期せず甘い記憶を呼び起こす。
空洞淵霧瑚《きりこ》という〈現世人《うつしよびと》〉と過ごした、短くも幸福だった日々。
不意に目頭が熱を帯びる。
いけない、と慌《あわ》てて感情に蓋《ふた》をして、再び天を仰ぐ。

もう泣かないと決めたのだ。たとえ運命には抗えないのだとしても、せめて自分の中の覚悟くらいは最後まで守りたい。

そう思ったら、目に映る澄みわたる春の空が、少しだけ優しく見えた。

「——空洞淵くん。どうか……私を見守っていて」

祈りにも似た言霊《ことだま》が、春の柔らかな風に溶けていく——。

空洞淵霧瑚が〈幽世《かくりよ》〉から姿を消して、一週間が経過した朝の出来事だった。

第一章

秘密

1

「これで——これで姉様を救うことができます」

春雷の如《ごと》く現れた漆黒の衣を纏《まと》う〈白銀の愚者〉は、おもむろにそう言った。

まるで積年の願いが叶《かな》ったような、万感の思いを込めた言葉。

だが、空洞淵《うろぶち》霧瑚《きりこ》も御巫《みかなぎ》綺翠《きすい》も、その真意を理解することができずに困惑して顔を見合わせた。

　倒れてしまった〈金色《こんじき》の賢者〉金糸雀《カナリヤ》を救うため、極楽街から東へ行った先にある寂れた漁村、琵国《びくに》村へ赴き、八百比丘尼《やおびくに》にまつわる騒動を解決した直後の出来事だった。

　この騒動の末に、空洞淵は〈鬼人《おにびと》〉となってしまった。

〈鬼人〉——つまり、感染怪異。

不治の病を患《わずら》った少女を救えないと知りつつ、対症療法として処方した薬が……僅《わず》か一晩の後に、少女を健康体にまで回復させてしまったのだ。

現実には絶対あり得ない事象の発現。

これは言い換えるならば、薬師《くすし》である空洞淵霧瑚は、人の領域を超えてしまったということに他ならない。

いったい何故《なぜ》こんなことになってしまったのか。

訳がわからずに困惑していたところで、突然現れた〈白銀の愚者〉――月詠《つくよみ》。

如何《いか》にも狙《ねら》い澄ましたような時宜《じぎ》。どうやらこれもすべて彼女の企《たくら》みであったらしい。

これまで〈幽世《かくりよ》〉に様々に暗躍していた月詠の口から、いよいよすべての秘密が語られる――。

「ひとまず、場所を移しましょうか。姉様《あね》がお待ちですから」

妙に畏《かしこ》まってそう告げると、月詠はパチンと指を鳴らす。

直後、空洞淵は脳みそがでんぐり返りをしたような得体の知れない浮遊感と不快感を覚え、強く目を瞑《つむ》る。そして、次に瞼《まぶた》を開いたとき――彼らは、〈金色の賢者〉が棲《す》まう屋敷〈大鵠庵《だいこくあん》〉の前に佇《たたず》んでいた。

燦々《さんさん》と陽光が降り注ぐ海辺の村から、鬱蒼《うっそう》と木々の生い茂る深い森の中への瞬間移動。

感覚がおかしくなりそうだったが、彼らの立ち位置自体に変化はない。

空洞淵は、眼前に立つ〈白銀の愚者〉を見つめて冷静さを保つ。

背反する闇《やみ》に溶ける漆黒のドレスと、眩《まばゆ》いほどに輝く白銀の髪。

白と黒の対比、モノクロの世界で、薄紅色の唇と碧羅《へきら》の双眸《そうぼう》だけが、今も鮮やかに生を彩《いろど》っている。

人知を超えた、この世ならざる美しさを誇る姉妹の妹――。

「――久しぶりね、月詠」

空洞淵の隣に立つ綺翠が、わずかに緊張を滲《にじ》ませて声を掛ける。

「ええ、本当にご無沙汰《ぶさた》しております、綺翠様。こんなに立派になられて……月詠はとても嬉《うれ》しゅうございます」

まるで数年ぶりに親戚《しんせき》の子どもと再会したような歓喜を滲ませて、月詠は微笑《ほほえ》んだ。

確か綺翠は、とても小さいときに一度だけ月詠と顔を合わせたことがあるのだったか。

だが、それ以降、ことあるごとに月詠が様々な問題を起こしていたため、彼女に対してあまり好印象は抱いていないはず。綺翠の声が強《こわ》ばって聞こえるのはその現れだろう。

「私の前に姿を現し、そしてここまで連れてきたということは……いい加減、あなたの企みを話してもらえるということかしら？」

「ええ、すべて」

あらゆるものを受け入れたように、月詠は答えた。

「しかし、それは姉様を救ってからにしましょう。まずは、中へお入りください」

空洞淵たちの返答も待たずに、月詠は屋敷の中へ足を踏み入れていく。ここまで来たらもう、彼女に従うしかない。空洞淵と綺翠は、静々とその小さな背中を追う。

冷たい廊下を進むにつれ、空洞淵の緊張は自然と高まっていく。

金糸雀が倒れてから、かれこれもう九日近くが経過していた。

現実と隣り合った異世界であるこの〈幽世〉と、それを生み出した〈国生みの賢者〉である金糸雀は、言わば一心同体。金糸雀にもしものことが起こったら、〈幽世〉そのものが崩壊してしまうのだという。〈幽世〉が崩壊したら、当然、ここに住む人々や怪異たちもただでは済まないだろう。

そもそも空洞淵たちは、月詠の口車に乗り、金糸雀を救う手掛かりを求めて遥々《はるばる》琵国村まで足を運んだのだ。月詠が、空洞淵たちを極楽街へ連れ戻したということは、やはり一連の騒動の末に金糸雀を救うための重要な〈何か〉が得られた、と考えるのが妥当だ。

だが、それと空洞淵が〈鬼人〉になってしまったことに何の関係が——？

緊張とともに、答えの出ない思考が、ぐるぐると頭の中を駆け巡る。

三人は、金糸雀が眠る閨《ねや》へ足を踏み入れる。

部屋の奥、薄明かりの中にぼんやりと〈金色の賢者〉の姿が見える。

横たわる金糸雀の枕元《まくらもと》には、闇を纏う二人の従者。

「——空洞淵様！」

二人の内の一方、燕尾服《えんびふく》を身に着けた銀縁眼鏡の男がいち早く空洞淵たちの入室に気づく。次いで隣に座る紅蓮《ぐれん》の髪をしたメイド服の少女も顔を上げ、期待と不安が綯《な》い交《ま》ぜになった眼を向けてくる。

執事の薊《あざみ》と、侍女の紅葉《もみじ》だ。

すでにある程度話が通っているのか、二人は月詠がこの場にいることには疑問を抱いていない様子だった。これ以上話がこじれるのは避けたかったので、空洞淵としてもありがたい状況だ。

「——容体は？」

金糸雀のすぐ側《そば》に腰を下ろし、間髪を容《い》れずに空洞淵は尋ねる。

薊は、真《ま》っ直《す》ぐに背筋を伸ばしたまま、静かに首を振る。

「……脈も呼吸も弱まるばかりでございます。昨日までは、苦しげに呻《うめ》かれるようなこともございましたが、今朝になってからはそれすらもなくなり、ただ昏々《こんこん》と眠り続けるばかりで……。空洞淵様、どうか我が主《あるじ》をお救いください」

救えるものならば、空洞淵だって救ってやりたい。金糸雀には、簡単に返すことができないとても大きな恩があるのだから。

だが、肝心の救う方法がわからない。

空洞淵は、困ったように傍らに控える〈白銀の愚者〉へ目を向ける。

月詠は、新雪のように煌《きら》めく髪を揺らしながら、恍惚《こうこつ》にも似たため息を零《こぼ》す。

「——すべては、この瞬間のためでした」

深い眠りに就く金糸雀を囲む全員が、固唾《かたず》を呑《の》んで月詠の言葉に耳を傾ける。

「姉様が衰弱してしまった原因は、病のためでも怪異のためでもありません。言ってしまえば、〈幽世〉という世界の基本原理ゆえのことです。姉様は、〈幽世〉を現実世界から切り離した時より、やがて死を迎える運命にあったのです」

月詠の言葉は抽象的でよくわからなかったが、それでも辛抱強く空洞淵は口を噤《つぐ》む。

「姉様を死の運命から救うためには、この世界の外側の理から力を借りる他ありませんでした。それこそが、幽世の薬師様、あなたです」

月詠は真っ直ぐに空洞淵を見つめた。

翠玉色《すいぎょくいろ》の瞳《ひとみ》に幻惑されそうになりながらも、空洞淵はしっかりとその目を見返す。

「……僕に、何かをさせようとしていたことはずっとまえから薄々気づいていた。その結果、僕が〈鬼人〉となったことも、すべてきみの企みだったんだろう。——何故、という部分については、今は省くけれども……とにかく僕ならば、金糸雀を救える、ということだね」

「まさしく」

患者は神妙に頷《うなず》いた。鼓動が少しずつ早くなる。

「幾多の困難を乗り越えた霧瑚様は、ついに〈幽世の薬師〉というあらゆる病を治療する感染怪異となりました。——先だっての、琵国村での偉業を思い出してください。霧瑚様は、不治の病に罹《かか》っていた少女を治療しました。三百年も昔に彼女が獲得した〈人魚の呪《のろ》い〉を、見事に解いてしまったのです」

空洞淵は、つい先ほど目の当たりにした一つの奇跡を思い出す。

決して治るはずのない少女が、一夜の後に健康な身体《からだ》になってしまった。

それはつまり、空洞淵の薬が彼女の身体に、化学の作用ではなく神秘の作用を与えたということだ。

まだ納得はできないけれども……そう理解するしかない。

「さて、あまり長話をしている暇《いとま》はありません。霧瑚様、どうか姉様にお薬の処方をお願いいたします」

再び真っ直ぐに見つめてくる月詠。紅葉と薊も期待を込めた視線を向けてくる。

だが、空洞淵にはどのようにしてその期待に応《こた》えればいいかわからなかった。

「迷うことはありません。どうか、思うままにお薬をお決めください」

白銀の患者は、穏やかな微笑みを湛《たた》えたままだ。

「霧瑚様が、真に姉様を救いたいと願い、処方したものであれば――それはあなた様が思ったとおりの薬効を現します。ご自身のこれまでの歩みを、信じてください」

急にそんなことを言われても、と空洞淵は気後れしてしまう。

金糸雀を救いたいと願っているのは、紛れもない事実だ。

それに、〈幽世〉という異世界へやって来て決して短くない時間が経過したことで、超常的な出来事にもすっかりと慣れてしまっている。

何より、事実として、自分自身がその超常的な出来事の当事者となってしまったことを実感した。

だから、月詠の言っていることは、十二分に理解できている。

だが、それでも——あと一歩のところで、踏ん切りが付かない。

何故なら、果たしてそれが真に正しい行いであるという確信が持てないからだ。

これから行おうとしていることが、〈医療〉のあるべき姿であるのか……判断できない。

逡巡《しゅんじゅん》する空洞淵。

そのとき、いつの間にかすっかり冷え切っていた手に温かな何かが触れた。

「空洞淵くん」

隣から囁《ささや》くような声が響く。

視線を移すと、まるで当然そうであるべきかのように、すぐ横に座った綺翠がそっと空洞淵の手を握っていた。綺翠は真っ直ぐに空洞淵を見つめる。

「……あなたがその力を望んでいないことはよくわかるわ。だってそれは、あなたがこれまで尽くしてきた医療とは、明らかに一線を画すものなのだから。でも……どうかお願い。金糸雀を——救ってください。無理を言ってしまっていることは、重々承知しているつもりだけれども……これは空洞淵くんにしかできないことなの。金糸雀を、私のもう一人の母を、助けてください……！」

この上なく真摯《しんし》な、そして切実でもある言葉。

たったそれだけで、逡巡は立ち消えた。

「――わかった。やるだけやってみよう」

思考を保留して、空洞淵は決断する。

自分が〈幽世〉へやって来たのは――まさにこの時のためなのだろうと思ったから。

空洞淵は改めて、病床に臥《ふ》す金糸雀の状態を確認する。

顔色、呼吸、脈状、体温、発汗――どれを取っても、今まさに死せんとするものであり、残された時間が少ないことを物語っている。

本来であればこのような状態の患者を救う漢方は存在しないが……一縷《いちる》の望みを懸けて、琵国村でも用いた続命湯《ぞくめいとう》を再び処方する。

続命湯それ自体には当然延命効果など存在しないが、不治の病を治療した、という確かな実績があったため、金糸雀を治療する具体的な想像が付きやすいからだ。

手持ちの生薬で手早く調剤し、控えていた賢者の従者に煎《せん》じ方を指示する。紅葉はとても大切なものを運ぶように胸元に処方の包みを抱えて、閨を飛び出して行った。

薬を煎じ終えるまで四半刻弱。結果がどうなるのかはまだわからなかったが、とにかく今は待つしかない。

しばしの沈黙。しかし、すぐにそれを破るように意を決した様子で綺翠は口を開く。

「——それじゃあ、時間もあることだし、あなたの話を聞かせてもらいましょうか。今さら隠し立てをするつもりもないのでしょう?」

試すような視線を〈白銀の愚者〉へと向ける。

月詠は、すべてを悟りきったように一度目を伏せて、はい、と呟《つぶや》く。

「……ここでは、姉様にご迷惑を掛けてしまいますから、場所を変えましょうか」

おもむろに立ち上がる。

釣られて、空洞淵と綺翠も腰を上げた。

ようやく、これまで謎《なぞ》に包まれていた月詠の目的が語られるのか。

空洞淵は姿勢を正して、歩み行く月詠の小さな背中を追った。

2

空洞淵、綺翠、そして月詠の三人は、縁側に並んで座る。

視界の先には、木漏れ日に濡《ぬ》れる幻想的な枯山水の庭園が広がっていた。主のように鎮座する苔生《こけむ》した黒岩、それと対比するように周囲の白砂は漣《さざなみ》と渦紋《うずもん》を合わせた動的で複雑な模様を描いている。

賢者の邸宅にこのような場所があるとは知らず、さらにそんな見事な枯山水を月詠と並んで眺めることになるとは考えてもいなかったので、空洞淵は戸惑いを通り越して感慨深く思ってしまう。

いつの間にか傍らには、湯気を上げる湯飲みまで置かれている。薊の手配だろう。ちらと渦中《かちゅう》の愚者を窺《うかが》う。

この状況でも月詠は、とても落ち着いた様子だ。のんびりと湯飲みを一口啜《すす》ってから、ようやく彼女は口を開いた。

「――人ならざるモノとしてこの世に生まれ、悠久の時を生きてきた姉様ですが……故《ゆえ》あって、三百年ほどまえのあるとき、日本の片隅で死にかけていたそうです」

「……死にかけていた、ということは、やはり金糸雀もきみも、八百比丘尼ではない、ということとなのかな？」

それは、琵国村の騒動の際、導き出された一つの可能性。金糸雀が実は八百比丘尼ではないのではないか、という疑問の確認だった。

月詠は神妙な顔で頷いた。

「おっしゃるとおりです。私も姉様も、所謂《いわゆる》〈八百比丘尼〉と呼ばれる怪異ではありません。しかし姉様は、皆様に嘘《うそ》を吐《つ》いていたというわけではないのです。ただ、我々の存在を端的に表現する上で最もとおりのいい八百比丘尼という怪異の名前を借りていただけなのですから。実際、本来の姉様は不老不死なので、あながち嘘でもありませんし」

「本来は、不老不死だった……？」

奇妙な言い回しに空洞淵は首を傾《かし》げる。

「はい。詳細はここでは省きますが、本来の姉様は決して老いることも飢えることもない、不老不死と呼んで差し支えない存在です。ところが、当時の姉様はちょっとした不具合のために、本来持っているはずの不老不死を発現できずにいたのです。そのために、一般的な人間と大差ない程度にまでその能力を制限されていました。そしてそれゆえに――追われていました」

金髪碧眼《へきがん》で、日本人離れした容姿をしている金糸雀が、物珍しさから当時の人々に追われるという状況は容易に想像できた。体力も人間と同程度ならば、逃げ切る余裕などはとてもなかっただろう。

それからふと空洞淵は、つい数日まえに夢で見た光景を思い出す。

地味な小袖《こそで》を纏った、金糸雀に瓜《うり》二つの少女。少女の額には、金糸雀の象徴とも言える第三の眼が存在しなかった――。

「……ひょっとして、当時の金糸雀の額には、第三の眼はなかった？」

「おっしゃるとおりです。私を見ていただければわかるように、本来我々には、額の眼は存在しません」

月詠は、白磁のように滑らかな自分の額を指さす。

確か初めて会ったとき、金糸雀は第三の眼は後天的に獲得したものだ、と言っていた。そのおかげで神懸かり的な力を授かり、〈幽世〉を生み出すことができた、とも。

「――そして、姉様が現在生死の境を彷徨《さまよ》ってしまっているのは、まさに第三の眼に原因があるのです。つまり、姉様がこうなってしまうことは、〈幽世〉創世のときから決まっていたことなのです。そのために私は、姉様をお救いすべく、動いていました」

月詠の目的――いよいよ本題に入るようだ。白銀の髪を風に靡《なび》かせながら、首を横に向けて空洞淵を見つめる。

「霧瑚様をこの〈幽世〉へ連れ込んだのもそのためです。霧瑚様だけが、この世界で唯一《ゆいいつ》姉様を救うことができるのですから」

空洞淵は情報を自分なりに整理して尋ねる。

「……これまで、きみが起こしてきた様々な騒動と、それを僕に解決させてきたことは、すべて金糸雀を救うためだったんだね？」

「どういうこと？」月詠を挟むようにして縁側に座る綺翠は首を傾げた。

「月詠は最初から、僕を〈幽世の薬師〉という感染怪異にするために動いていたってことさ」空洞淵は自分なりの考えを語る。「僕は〈幽世〉に来てからというもの、怪異に纏《まつ》わる騒動に度々巻き込まれて来た。月詠が関与した様々な騒動にね。そしてその都度、どうにか解決を続けていった結果、関係者や街の人たちの間では、〈空洞淵霧瑚は薬で何でも治す〉という認知が少しずつ広まっていった」

「……その認知が、今日ついに閾値《いきち》を超えたために、空洞淵くんは〈幽世の薬師〉という感染怪異になった。これまでのすべての騒動は、空洞淵くんに解決させるために月詠が起こしていたと……そういうこと？」

信じられないという様子で綺翠は目を丸くする。

空洞淵がかつて暮らしていた現実世界――〈現世《うつしよ》〉。

そこから僅かに位相をずらされた異世界〈幽世〉には、ある特徴がある。

それは、人々の噂が現実になる、というものだ。

より正確に表現するならば、人々の認知がある一定数を超えると、その認知が正しくあるよう世界が書き換えられる、という具合だ。

たとえば、あるところにいつも青白い顔をしていて日中は家に引《ひ》き籠《こ》もり、日が暮れてからどこへともなく出掛けていく男がいるとする。

男の存在は少しずつ街に住む人々の間で知られ、「夜な夜な人の血でも吸いに行っているのではないか」「ひょっとして吸血鬼なのでは」などという憶測、噂《うわさ》が広まっていく。

やがてその噂を知る人、認知を持つ人が一定数を超えると、噂の真偽、本人の意思とは無関係に現実が書き換えられ、男は一般的な人々がイメージする〈吸血鬼〉に変《へん》貌《ぼう》する。

このように噂から発生する怪異は〈感染怪異〉と呼ばれ、元から怪異として存在する〈根源怪異〉とは明確に区別される。

つまり月詠は、この〈幽世〉の基本原理を利用して、空洞淵を人ならざるモノへと変貌させたのだ。

すべては――姉である金糸雀を救うために。

あまりにも壮大な計画。それが、〈幽世〉ができた三百年もまえから準備されていたのならばなおさら遠大にすぎる。

だが、そうだとするといくつかの疑問が残る。

「でも……どうして、僕だけが金糸雀を救えるんだい？」空洞淵は改めて月詠に問う。「〈薬で何でも治す〉という噂を広めてしまえば、誰であれ金糸雀を治せるだろうに。たとえば……森に住む錬金術師のカリオストロさんとか」

森に住む錬金術師――アヴィケンナ・カリオストロは、長年の研究成果として〈術師の望みどおりの薬効を与える〉という神秘の結晶、〈賢者の石〉に辿《たど》り着いた。

故あって、今はその神秘を手放してしまったが、当時彼女の〈賢者の石〉を利用すれば、金糸雀だって治療できたのではないか、と思うのは自然な疑問だ。

しかし、白銀の少女は静かに首を振った。

「――姉様を救うということは、姉様に関わる因果の修正、世界の法則を書き換えることに他なりません。それは事象の書き換えとは比べものにならないほど高度な操作になります。ただの鬼人にはとても対処できません」

感染怪異によって人から人ならざるモノへと変貌してしまった人間は〈鬼人〉と呼ばれる。鬼人になってしまった人は、祓《はら》い屋である巫女《みこ》の綺翠などによって感染怪異を祓われるまで、元の普通の人へ戻ることができない。

「……つまり、ただ〈薬で何でも治す〉という感染怪異を生み出せばいいわけじゃなくて、金糸雀と因果のある人間を感染怪異にする必要があったってことか」

一度状況をまとめてから、改めて別の疑問を口にする。

「それなら、空洞淵家の人間であれば誰でもよかったことにならないかな？　僕の父でも、祖父でも……その機会はこれまでいくらでもあったはずだ。にもかかわらず、どうしてわざわざ三百年もの間、僕のことを待ち続けたんだい？」

金糸雀と因果が結ばれているのは、空洞淵の先祖である守弥《もりや》なる人物のはずだ。それならば守弥の子孫は皆、金糸雀と因果があり、その気になれば誰でも金糸雀を治療できたはず。

何なら綺翠だって守弥の子孫なのだから、その資格がありそうだが……。

「それにも、いくつか理由があります」月詠は、一度お茶を啜って穏やかに答える。

「まず一つは霧瑚様が守弥様の生まれ変わりであるということ。そのためより強固に姉様との因果が結ばれています」

生まれ変わり、と言われてても今ひとつぴんと来ない。ただ、本来空洞淵が知らないはずの、過去の金糸雀の姿を夢に見たりするのは、もしかしたらその影響があるのかもしれない。あるいは、以前綺翠が言っていた、空洞淵が怪異に好かれる匂《にお》いをしている、というのもその影響なのだろうか。

「もう一つは、姉様が体調を維持できなくなるまで待つ必要があったことです。漢方では、所謂〈証《しょう》〉が決まらなければ、治療できないのでしょう？」

「それは……うん、そのとおりだ」

空洞淵家が代々家業として続けている漢方は、相手の体質や症状から〈証〉と呼ばれる身体の状態を見極めなければ、薬での治療を行えない。何らかの外的な症状がない状態では、打つ手がないのだ。

数日まえの紅葉の説明によると、金糸雀の症状が明確に出始めたのは去年の夏頃らしいので……まさに空洞淵にしか、金糸雀の治療ができなかったことになる。

「——私からも、一ついいかしら？」

そこで綺翠が不思議そうな顔で割って入った。

「そもそもなのだけど……。空洞淵くんと金糸雀に結ばれている深い因果というのは、いったい何なの？　金糸雀も詳しくは語りたがらなかったから、因果がある、ということ以上は私も詳しくは知らないのだけど」

琵国村で空洞淵が体調を崩したときに綺翠から、空洞淵と金糸雀の因果の結びつきが強固すぎるがゆえに、遠く離れた金糸雀の不調を共有してしまったのではないか、という説明を受けた。

またそれとは別に、〈死神騒動〉のとき金糸雀から、空洞淵の右眼は呪われており、その成因には、御巫《みかなぎ》神社の初代巫女である御巫綺淡《きたん》が関わっている、という話も聞いていた。

そして、空洞淵の先祖の守弥は、〈幽世〉の成り立ちにも関わっている——とも。

ただの直感ではあるが、それらはすべて一つの線に繋《つな》がりそうな気がする。

月詠は躊躇《ためら》いがちに息を零し、それから木漏れ日に濡れる枯山水へ目を向けた。

「霧瑚様の——いえ、空洞淵家の皆さまの〈眼〉に、その秘密があります」

空洞淵は、生まれつき右眼の視力が極端に弱い。それは父も、祖父もまたそうであったと聞いている。これまでは遺伝的なものだと思っていたが……どうにもそれだけではないらしい。

「守弥様は、〈この世ならざるモノを視《み》る〉極めて特別な眼をお持ちでした。たまたま守弥様がその眼を授かったのか、あるいは代々その眼を受け継いできたのかは、私にはわかりません。とにかく、奇跡的な偶然が重なって、特別な眼を持つ守弥様と特別な存在である姉様が出会ったこと——それが、すべての始まりでした」

月詠は切なげに目を伏せて続ける。

「先ほどお話ししたとおり、当時の姉様はほとんど〈力〉を発揮できない状態でした。そして……ご承知のとおり、姉様はとても見目麗《みめうるわ》しい外見をしています。日本というアジアの島国においては、とりわけ」

空洞淵は金糸雀の姿を脳裏に描き出す。

眩いばかりの金色の髪と、大海の如き蒼玉《そうぎょく》の双眸。さらには日本人離れした白磁の肌と彫りの深い顔立ちも合わせて、当時の一般人にとっては外見からして自分たちとは異なる存在——怪異のように見えていたことだろう。

「……そのために姉様は、常に人目を避けるように逃げ隠れていたそうです。〈力〉を発揮できない姉様は、どこにでもいる年頃の少女とそう変わりません。風雨も凌《しの》げず、満足な食料も手に入らず、泥にまみれる日々の暮らしは、さぞ過酷なものだったことでしょう。そんな中、姉様は守弥様と綺淡様と出会ったのです」

金糸雀と、空洞淵の先祖守弥と、綺翠の先祖綺淡。

三百年の時を超えて、再びその関係者が同じ場所にいる状況というのは、何とも奇妙な巡り合わせのように思う。

「姉様は、守弥様と綺淡様に保護され、少しずつ力を取り戻しながら平和に暮らしていました。ところがある日、時の権力者の耳に不老不死の噂が入ってしまい……守弥様は姉様の身柄の引き渡しを要求されました。しかし、守弥様は姉様を守るために要求を突っぱね、そのために捕らえられてしまいました」

　自分の先祖である男の勇気に、空洞淵は誇らしさすら覚える。それと同時に、もしも今、国の偉い人間に金糸雀の身柄引き渡しを要求されたとしたら、自分も断固として断るだろうな、という確信もあった。

「権力者の怒りに触れた守弥様には死罪が言い渡され、即日斬首と相成りました。そこでやむなく、姉様と綺淡様は守弥様を救うべく、一芝居を打つことにしたのです」

「一芝居？」綺翠は首を傾げた。

「はい。守弥様が、怪異である姉様によってただ操られていただけであるように振舞うことにしたのです。その結果、姉様は守弥様の右眼を奪いました」

　それを聞いた瞬間、何故か右眼の奥に疼痛《とうつう》が走った。身体が、否《いな》、魂が何かを訴えていた。

　そこで月詠は小さく息を吐いた。

「――かつて、人と怪異は共存を果たしていました。何百年、いえ何千年も昔の話です。人々は怪異を恐れ、敬い、讃《たた》えながら日々の暮らしを送っていました。元来怪異というものは、天災などの自然現象や、日常の中で発生した〈未知なるモノ〉を理解しようとする人類の精神活動によって生み出されたのですから、その結果誕生したものに敬意を払うのは当然の行いです。ところが、人類が繁栄を謳歌《おうか》していくに従って、少しずつ怪異に対する敬意も薄れていきました。知識の蓄積によって〈未知なるモノ〉が減ってゆき、怪異に対する畏怖の念が薄れていったためです。やがて泰平の世を迎えてから、敬意はますます失われ、人々は怪異をただの興味の対象として消費し始めたのです」

――ろくろ首、という日本でもとりわけ名前が知られた怪異がいる。

頭部が胴体から離れて浮遊する、あるいは首が長く伸びる女性の姿をしていると言われているが……。何らかの自然現象や実際の目撃譚《たん》から派生したものではなく、怪奇趣味のために創作されたものだという指摘がある。

自然現象の観察、理解から生まれたはずの怪異が、ただ好奇心を満たすためだけの存在に成り下がった……。

「結果として、怪異たちは少しずつ世界から居場所をなくしていきました。姉様のように、追われるものも少なくありません。逆に追われることで凶暴化し、人々を襲うようになった怪異も大勢いたようです。人と怪異の双方にとって……不幸な時代でした。この状況を憂慮した姉様は、ある決断をしました。それこそが、忌《い》み嫌われ、この世から排斥された者たちの住まう楽園――〈幽世〉を作り出すという壮大な計画の始まりです」

かつて空洞淵が〈幽世〉へ連れて来られたとき、金糸雀がこの異世界を作り出した、という話は聞いていたが、その動機、背景を聞いたのはこれが初めてだった。

「姉様と綺淡様と守弥様は、以前から〈幽世〉創世の構想について意見を交わしていました。しかし、なかなかその計画は実行されませんでした」

「それは……何故？」綺翠は尋ねる。

「〈幽世〉を作り出すことによって……三人が一緒にいられなくなってしまうためです。まず、〈幽世〉という特殊な空間を生み出すために姉様の力が必要です。そして、〈幽世〉を現実世界から切り離すために綺淡様の力が必要です。最後に――〈幽世〉と現実世界の時空位相をずらすための観測者として……守弥様の〈この世ならざるモノを視る〉力が必要でした。つまり、観測者たる守弥様は、〈幽世〉が現実世界から切り離されるそのときまで、現実世界から位相のずれた〈幽世〉を観測し続ける必要があったのです」

「……空洞淵くんのご先祖様――守弥様の役割が少しわからないのだけど。現実世界、というのは〈現世〉のことよね？　観測を続ける、というのはどういう意味？」

「〈幽世〉であっても〈現世〉であっても、観測できないものは〈存在しない〉ことになります。これは目に見えない、という単純な話ではなく、あらゆる機械的な観測手段を用いても観測することができない事象のことです。たとえば、空気を目で見ることはできませんが、機械的な手段を用いればその存在を確認することは可能です。観測することで存在を確定できる、とも言い換えられます。逆に言うならば、この世界に存在しないものは観測できない、ということになります。しかし、守弥様だけは、その特別な眼によって、この世界に存在しないはずのモノを観測できるのです。〈幽世〉を〈現世〉から切り離すために、双方を観測できる守弥様の力を利用した、ということです」

月詠の説明が理解できないのか、綺翠は困ったように空洞淵を見た。空洞淵も完全な理解ができているわけではなかったが、それでも何とかわかる範囲で噛《か》み砕いてみる。

「――綺翠が怪異を祓うとき、必ず怪異という存在を見極めて霊刀を振るうよね？

それは、僕ら一般人には認識できない、怪異の本質が綺翠には見えている、ということになる。でも僕らに見えないからと言って、怪異が実在しないわけじゃないだろう？」

「それは……もちろんそうね」神妙に頷く綺翠。

「つまり森羅万象、この世のあらゆる事象は、誰かが何かしらの方法で〈視る〉ことができる。逆に誰にも、どのような方法をもってしても〈視る〉ことができないものは、この世界に存在しない、ということになる」

「……うん。何となく、言いたいことはわかるわ」

「ところが、どういうわけか僕のご先祖様は、その世界に存在しないはずのものを〈視る〉ことができた。そしてその能力は、〈幽世〉という現実世界と隣り合った異世界を作り出すためにどうしても必要だった。〈幽世〉は、現実世界から見れば、本来は存在しない世界なのだから、ある意味当然かもしれないね。正確な表現ではないかもしれないけど……僕のご先祖様は、〈現世〉と〈幽世〉を繋げる〈扉〉のような役割を果たしていた、ってことかな」

あるいは——此岸《しがん》と彼岸を分かつ、空洞《うろ》の淵《ふち》。

確認を取るように月詠を見ると、彼女は満足そうに頷いた。

「まさしくそのとおりです。さすがは霧瑚様、理解が早くて助かります」

綺翠はまだ納得が行っていない様子だったが、完全な理解は諦《あきら》めたように視線だけで話を先へと促した。

「そのようなわけで、守弥様の〈眼〉が必要だったわけですが……。〈現世〉から〈幽世〉を観測する、というその性質上、どうしても守弥様だけは〈現世〉側へ留まらなければなりませんでした。そして、綺淡様が〈幽世〉側から世界を切り離すことで、二つの世界は完全に位相を分かつ……。つまりは、〈幽世〉の創世とお二人の別離が、同一の事象になってしまうのです。お二人は深く愛し合っておられましたし、姉様もまた、守弥様に強く思慕の念を抱いておられましたから……なかなかこの計画を実行に移すことができなかったのです」

そこで空洞淵には疑問が浮かぶ。

「あれ？　でも、確か月詠は〈現世〉と〈幽世〉を行き来できるんじゃなかったっけ？　二つの世界を分けたあとで、月詠が僕のときみたいにご先祖様を〈幽世〉へ連れてくればよかったのでは？」

「残念ながら、それは不可能でした。生み出された直後の〈幽世〉は、謂《い》わば、空気を吹き込んで膨らませたばかりのガラス玉のようなもの。あまりにも不安定で、穴でも空けようものなら容易に崩壊してしまいます。〈幽世〉という異世界が安定するまで、双方を行き来することは不可能でした。私が〈現世〉へ顔を出せるようになったのは、〈幽世〉創世から百年ほどが経《た》ってからになります」

創世から百年……さすがにそれでは守弥も生きてはいないだろう。確か以前、金糸雀が〈幽世〉創世直後は大幅に弱体化してしまっていた、とも言っていたし、〈幽世〉最強格の二名が手を出せなかったのならば、やはり別離は避けられない運命だったということか。

「――話を戻しましょうか。そのようなわけで、保留にされていた〈幽世〉創世構想なのですが……守弥様の死罪が決まってしまったために、止《や》むなく実行されました。すべては……守弥様を救うために。姉様は、守弥様が捕らえられていた処刑場を襲い、そして大勢の役人の前で――守弥様の右眼を奪い、自らの中に取り込んで見せました。それによって守弥様が、ただ操られていただけなのだと、役人に信じ込ませたのです」

そのときの光景を想像してしまい、空洞淵は思わず顔をしかめた。また右眼の奥が疼痛を発する。

「守弥様の特別な眼を取り込んだことで、姉様には〈第三の眼〉が開眼しました。そのため、姉様が〈幽世〉の創造と観測を一人で担《にな》えるようになり、姉様と綺淡様は、そのまま〈幽世〉を〈現世〉から切り離し、姿を消してしまいました。すべての怪異と、〈現世〉で虐《しいた》げられ生きづらさを覚えていた人々、そして〈伝奇ミーム〉を共に〈幽世〉へと引き込んで――」

「……つまり、金糸雀の額の眼は、元々は僕のご先祖様の眼だったと？」

戸惑いながらも確認する空洞淵に、月詠は神妙に頷いた。

「はい。正確に言うならば、守弥様の〈この世ならざるモノを視る〉能力が、姉様の本来の能力に反応して進化した結果、〈第三の眼〉という形で発現した、という形ですが。由来は間違いなく守弥様の右眼、ということになりますので、姉様と守弥様の一族には強い因果が発生し、そのためある種の〈呪い〉という形で、守弥様の一族は代々右眼の視力が弱まってしまったのです」

「――なるほど、そういうことだったのか」

長らく謎に包まれていたことが明らかになり、空洞淵は思わずため息を零す。自分の右眼に、それほどまでの壮大な事情が隠されていたとは……。何も知らないままここまでやって来たが、すべては運命の導きであったようにも思えてしまう。

これまでに何度か、綺翠が霊刀を振るって世界を書き換える際、右眼で揺らぎのようなものを見た気がするが、もしかしたらそれもまた〈この世ならざるモノを視る〉という能力の残滓《ざんし》だったのかもしれない、とぼんやり納得する。

「ところが、ここで一つ問題が発生しました」月詠は深刻そうな顔で続ける。

「姉様の本来の能力と守弥様の〈この世ならざるモノを視る〉能力が、一つの個体に収まるということは、極めて不自然な状況です。そのために姉様は、〈不老不死〉という特性を失ってしまい、三百年の長きを経て、徐々に衰弱していく運命を負ってしまったのです。その果てが……今の姉様になります」

「……〈第三の眼〉のせいで、ここまで衰弱してしまっていたのか」

万能だと思われていた金糸雀の〈千里眼〉――。まさかそのせいで、金糸雀が命の危機に瀕《ひん》していただなんて考えてもみなかった。

しかし、原因さえわかれば、対処は可能だ。

「じゃあ、金糸雀の〈第三の眼〉をどうにかしてしまえば、彼女は元気になるのかな？」

「――まさしく」

そこで月詠は万感の思いを込めて深く頷いた。

「姉様を衰弱させている〈第三の眼〉を取り除くことが、唯一の道になります。そしてそれは、〈第三の眼〉を霧瑚様へ返還することで果たされるのです」

「〈第三の眼〉の……返還？」

「はい。〈第三の眼〉を本来の持ち主である霧瑚様へお返しすること……。それこそが、私の最終目的なのです」

月詠は庭先へ下り立って、空洞淵と綺翠を交互に見て、深々と頭を下げた。

「そのためにはお二人の協力が不可欠です。どうか……お力をお貸しください」

空洞淵は、突然の懇願に戸惑いながら綺翠と顔を見合わせるが、答えなど初めから決まっていた。

「もちろん金糸雀のためなら、全力で協力するけど……具体的にはどうやって？」

「難しいことは何もありません。霧瑚様は先ほど処方されたお薬を姉様に飲ませ、その後に綺翠様が、因果の歪《ひず》みを断ち切ることで、本来あるべき形に世界を書き換える――。そうすれば、姉様の〈第三の眼〉は自動的に霧瑚様へ返還されるはずです」

「それは……どういう原理で？」

どこか不安げに眉《まゆ》を顰《ひそ》めながら綺翠は尋ねた。

「まずは、霧瑚様の〈幽世の薬師〉としての能力で、姉様が衰弱してしまったという結果、そしてその因果を強制的に初期化します。しかし、そのままでは因果の歪みが残り、いずれまた姉様は衰弱してしまうため、その後、発生した因果の歪みを綺翠様に祓っていただきたいのです。そうすることで、姉様は本来あるべき〈不老不死〉の身体に戻ることができるはずです」

「『はず』――つまり、絶対に成功する確証があるわけではないのね？」

綺翠の鋭い指摘。途端、月詠は申し訳なさそうに俯《うつむ》いた。

「……はい。なにぶん、何もかもが初めての試みになりますので。それに、因果の歪みを断ち切った結果、どのような影響があるかも未知数です。これは因果律の修復という、未《いま》だかつて誰も挑んだことのない、世界そのものへの挑戦なのです」

しかし――、と月詠は改めて真剣な目で二人を見やる。

「それ以外に、姉様を……〈幽世〉を救う方法はありません。どうか……お力添えを、お願いいたします」

胸の痛みに耐えるように、彼女はスカートの裾《すそ》を強く握りしめて、また深々と頭を下げた。

月詠がここまで必死に懇願する以上、確かにそれ以外に金糸雀を救う方法はないのだろう。そして、それを実行すれば、少なくとも金糸雀を救うという目的自体は果たすことができる、と。

リスクが未知数すぎて正直判断に迷うところだが……もう片方の天秤《てんびん》に載せられているものが金糸雀の命ともなれば、答えは自《おの》ずと決まる。

すぐに決断を下して空洞淵は綺翠を見る。綺翠は、顎《あご》に細い指を添えて何かを考え込んでいる。

「……金糸雀の額の眼を、空洞淵くんに返還することで……空洞淵くんの身に何らかの危険が及ぶ可能性は？」

あまりにも真剣な眼差《まなざ》し。月詠は真摯に答える。

「綺翠様のおっしゃる、〈危険〉の度合いにもよりますが……少なくともその結果、霧瑚様の命に関わるような事態が起こる可能性はありません。姉様と霧瑚様の間にある因果は、あくまでも〈眼〉に纏わるやり取りだけです。この因果が初期化された結果、霧瑚様の生命に危害が及ぶことは考えられませんので、その点ではご安心ください。……ただ、それ以外のことに関しましては、本当に何が起こるかわからないのですが」

申し訳なさそうに肩を落とす月詠。綺翠は小さく息を吐いてすぐに、いいわよ、と呟いた。

「空洞淵くんの命に危険がないのであれば……賭けてみましょう。元より金糸雀を救わなければ、〈幽世〉もお終《しま》いなのだから選択の余地はないもの」

月詠は驚いたように一度大きく目を見開いてから、とても嬉《うれ》しそうに微笑《ほほえ》んだ。

「――ありがとう、ございます」

あらゆる感情を込めて、月詠は三度頭を下げた。

そのとき、廊下の奥から小走りに駆けてくる足音が響く。視線を向けると、すぐに暗がりから深紅の髪をした少女の姿が見えた。その手には漆塗りの盆が握られており、盆の上には、土瓶と猪口《ちょこ》が載っていた。

どうやら薬の煎じが終わったらしい。

「……霧瑚様、どうか姉様をお救いください」

何度目ともわからない月詠の願いにただ頷きを返し、空洞淵たちは、再び金糸雀の眠る閨へ向かう。

先ほどまでは薄暗かった賢者の寝屋には、いつの間にか薄ぼんやりとした明かりが差し込んでいた。薊が閉じられていた雨戸を開け放ってくれたようだ。作業がしやすいように、という配慮だろうか。それともまもなく主が目を覚ますという確信を持っているのか。

薊は金糸雀の枕元《まくらもと》に正座し、ただ主の目覚めを待っていた。

忠犬、という言葉がまさにしっくりくるなとは思ったが、さすがに失礼なので黙っておく。

空洞淵は深い眠りに就く金糸雀の傍らへ腰を下ろす。明るくなった場所で改めて少女の様子を窺うと、まるで生気を感じない青白い肌に慄然としてしまう。

猶予《ゆうよ》は、もう本当に残されていないらしい。

盆を持った紅葉は、空洞淵の右斜め後ろに腰を下ろすとすぐ目の前——つまり、空洞淵の真横へ盆を置いた。

「——空洞淵様、こちらがお薬になります。御屋形様を、何とぞよろしくお願い申し上げます」

深紅の髪の少女は、そのまま畳に指を突いて、深々と頭を垂れた。

紅葉の口ぶりから、どうやら金糸雀に薬を飲ませる役目を任されていたことに気づく。

以前、深い眠りに就く綺翠に薬を飲ませたときのことを思い出す。

あのとき空洞淵は、口移しで煎じ薬を飲ませた。もちろん、人命救助の場であったし、邪《よこしま》な気持ちなど微塵《みじん》もなかったが、それはあくまでも心に決めた相手——綺翠であったから躊躇《ちゅうちょ》なく実行できたわけで。

それを今この場で、金糸雀相手にやれと言われると、人命優先ということは重々承知の上でもささやかな躊躇の気持ちが湧《わ》いてしまう。

もっと他に適任者がいるかもしれないし、何より金糸雀にも申し訳なさが――。

「――空洞淵くんが何を考えているのか大体わかるけど……気にしなくて大丈夫よ」

綺翠は、僅《わず》かに視線を逸《そ》らしながら、言いにくそうに告げる。

「内緒にしていたけれども……。実は、吸血鬼騒動のとき……あなた一度、金糸雀に口移しで薬を飲まされているのよ」

「……え？」

寝耳に水の話だった。

確かに吸血鬼騒動のとき、空洞淵は推理の正しさを証明するために、自ら吸血鬼になりその間の記憶を失っている。

てっきり綺翠に祓われただけかと思っていたが……密《ひそ》かに金糸雀まで絡《から》んでいたとは思わなかった。

だが、それと同時にどうにもあれ以降、極楽街に住む人々から奇異の視線を向けられることが多くなった本当の理由を知り、妙に納得をしてしまう。

ある日突然、どこからともなくやって来た薬師《くすし》を名乗る謎の男に、〈国生みの賢者〉

が公衆の面前で口づけをしたとあれば、妙な噂が広まってしまったとしても仕方がない。

それに一度金糸雀に救われているのならば、躊躇いはない。

今こそ、〈幽世〉へやって来てから受けた無数の恩に報いるときだ。

空洞淵は、土瓶から猪口へ移した薬液を口に含むと、金糸雀の華奢《きゃしゃ》な上体を僅かに起こしてその薄桃色の唇に口づけをする。

薬液は、少しずつ少女の中へ吸い込まれていく。小さく上下する細い喉《のど》。

苦しげだった金糸雀の表情が少しずつ和らいでいく。青白い顔にも血色が戻っていく。

何度かに分けて薬液を与え終えると、少女の身体を再び横たえる。まだ意識は戻らないが、今にも消え入りそうだった生命の鼓動が増しているように見えた。

峠は——一旦《いったん》越えたのだろう。

そこでようやく顔を上げる。すると二人の従者が、今にも泣き出しそうに瞳《ひとみ》を潤《うる》ませながら、安堵《あんど》の表情を浮かべているのが見えた。

「……空洞淵くん、ありがとう。そして、お疲れさま」

綺翠がそっと肩に触れてきた。

　ここからは、綺翠の出番だ。頷《うなず》いて、空洞淵はその場を綺翠へ譲る。
　金糸雀の傍らに正座をした綺翠は、精神を研ぎ澄ますように一度細く、長く息を吐く。
　それから腰に帯びた白鞘《しろざや》小太刀の柄に触れ、双眸《そうぼう》を閉じる。
「――掛《か》けまくも畏《かしこ》き　伊邪那岐大神《いざなぎのおほかみ》」
　玲瓏《れいろう》なる調べ。
　宝刀〈御巫影断《みかなぎかげたち》・真打ち〉を解放するための祝詞《のりと》が巫女から紡《つむ》がれていく。
　――筑紫《つくし》の日向《ひむか》の橘小戸《たちばなのをど》の阿波岐原《あはぎはら》に
　――御禊祓《みそぎはら》へ給《たま》ひし時《とき》に生《な》り坐《ま》せる祓戸《はらへど》の大神等《おほかみたち》
　――諸諸《もろもろ》の禍事《まがごと》　罪《つみ》　穢《けがれ》有《あ》らむをば
　――祓《はら》へ給《たま》ひ　清《きよ》め給《たま》へと白《まを》す事《こと》を聞《き》こし食《め》せと
　張り詰めたように清澄《せいちょう》な空気。
　賢者と巫女の周囲に、荘厳《そうごん》な気配が満ちていく。
　これは、ある種の聖域だ。

神を纏《まと》い、神技を体現する神聖領域。

「――恐《かしこ》み恐《かしこ》みも白《まを》す」


祝詞を結んだ巫女は、スラリと小太刀を抜く。

黄金色に妖《あや》しく輝く刀身。

見ているだけで吸い込まれそうになるほど美しいが、同時に本能的な忌避感が身体《からだ》の奥底から湧いてきて思わず目を逸らす。

アレは尋常のものではない。

畏怖《いふ》にも似た感情。宝刀の完全解放を目にしたのは琵国村での騒動以来これが二度目だが、身体の危機的状況にあった一度目にはわからなかった名状しがたい気配が渦巻いている。

端座の姿勢から、片膝《かたひざ》立ちになり宝刀を上段に掲げる。

そのまま世界が凍りついてしまったように静止する。

緊張しているのか、いつの間にか空洞淵の喉はカラカラに渇いていた。半ば無意識に唾《つば》を飲み込む。

そのとき懐に仕舞われているはずの、綺淡から譲り受けた鈴が、チリンとわずかに鳴り、静寂を破った。

それを合図に、綺翠は一息に宝刀を振り抜いた。

何かが断ち切られ、視界が揺らぐ。

次の瞬間、爆発的な光が弾《はじ》けた。

認識できない圧倒的な光量。目を瞑《つむ》っていても、直接眼球を刺し貫いてくるような暴力的なまでの光の奔流。

空洞淵は歯を食いしばって必死に耐える。

やがて少しずつ光が収まってくる。

張り詰めたような沈黙を破って耳朶《じだ》を震わせたのは——虫の声だった。

特定することも難しい多種多様な虫が、まるで合唱をするように四方八方から命の音を奏《かな》でている。

先ほどまで賢者の住む森の付近は静まり返っていたはずなのに、何故《なぜ》突然——？

疑問を抱くと同時に、言い知れぬ違和感を覚える。

雑多な虫の声の中に……何故か、セミの声が混じっているように聞こえたからだ。

セミは、夏の虫だ。まだ春にもなりきっていない今の時期に声が聞こえるはずがない。

さらに先ほどから肌を撫《な》でる、不気味なほど生暖かい風が恐怖にも似た感情を呼び覚ます。

いったい何が起こっているというのか。

空洞淵は、瞼《まぶた》に焼き付いた光の残滓を振り払うように、恐る恐る双眸を開く。

「……は？」

意味がわからず、思わず惚《ほう》けた声を上げてしまった。

つい数秒まえまで、空洞淵は屋内……賢者の閨《ねや》にいたはずだ。にもかかわらず、いつの間にか屋外に立ち尽くしていた。

足下には、色とりどりの綺麗《きれい》なタイルで舗装された遊歩道。道の端には等間隔に街灯が立ち並び、遊歩道を明るく照らし出していた。

全身が総毛立つ。

まさか、あり得ない、と意識が目の前の光景を否定する。

だが、何度となく通った道だ。記憶違いなどあろうはずもない。

そこは紛れもなく、空洞淵が通勤に利用している遊歩道だった。

その身に纏っているのは、いつもの小袖ではなく半袖のシャツとスラックス。右手には仕事バッグが握られ、ズボンのポケットには馴染《なじ》んだスマートフォンの重さを感じる。

「…………は？」

再び、無意識に声が漏れる。状況が理解できた上で尚《なお》、疑問が止まらない。

いったい何が起こっているというのか。

結論だけを述べるとするならば――。

――空洞淵霧瑚は、〈現世〉に戻っていた。

助けを求めるように空を仰ぐ。

分厚い雲に覆《おお》われた曇天の空に、月の姿は見えなかった。

第二章

帰還

I 〈現世《うつしよ》〉

彼方《かなた》から響くセミの大合唱を聞きながら、空洞淵霧瑚《うろぶちきりこ》は半ば夢現《ゆめうつつ》の状態で病院の廊下を歩いていた。

廊下に面した南窓からは苛烈《かれつ》なまでの直射日光が差し込んでいたが、空調のおかげである程度温度上昇が抑えられているためか思いのほか快適だ。紫外線が遮断されているのか、直射日光特有のジリジリと肌を焼く不快感も少ない。

普段であれば、無力感と言い知れぬ不安感から重たい足取りになりがちな病棟業務からの帰り道であるにもかかわらず、妙に落ち着いているのが自分でも不思議だ。

もちろん、凪《な》いでいるのは表面的な部分だけであり、少しでも意識の深くへ潜れば圧倒的な喪失感からくる激情が渦巻いているのだけれども。

そんな自分さえ客観的に眺めながら、空洞淵は漢方診療科のドアを開けた。

「おかえり、空洞淵くん」

部屋の主である恰幅《かっぷく》のいい初老の男性——小宮山《こみやま》は、いつもの人当たりのいい笑みで空洞淵を迎え入れる。小宮山は、漢方診療科の医師であり、現在の空洞淵の師に当たる。

「ただ今戻りました。すみません、今日も少し遅くなりました」

空洞淵は抱えていた書類を自分のデスクに置いて、腕時計を確認する。予定よりも一時間以上遅い戻りだった。近頃、どうにも予定どおりに病棟業務が進まない。

「気にしなくていいよ」

小宮山はどこか嬉《うれ》しそうな様子で、淹《い》れたてのコーヒーが満たされたカップを空洞淵に手渡す。

「それにしても、あれだけ時間に正確だった空洞淵くんが、急に病棟に長居するようになって……。ひょっとして、誰かいい人でも見つけた？」

好奇に満ちた目を向けてくる小宮山。カップを受け取りながら空洞淵は苦笑を返す。

「そんな色っぽい話じゃありませんよ。ただちょっと病棟で話し込んでしまって」

「話し込むって……患者さんと？」

「そうですね。最近は、ドクターや看護師とも話し込むことが多いですが」

答えながら、自分でもその変化に驚いていた。かつては、患者や他の医療従事者と明確に距離を取っていたはずなのに……ほとんど雑談とも言える無駄話に貴重な時間を浪費するとは、我ながらどういうつもりなのだろうか。

空洞淵の答えに、小宮山は目を丸くする。それからどこか空洞淵のことを気遣うような眼差《まなざ》しで、

「最近、急に病棟業務に意欲的になったみたいだけど……何かあった？」

何か、あったのだろうか。

改めて自問してみてもよくわからない。

空洞淵自身でさえよくわかっていないが、それ以上に小宮山にとってはまさに青天の霹靂《へきれき》とも呼べる変化なのだろうということがわかって、申し訳ない気持ちにもなる。

小宮山にとっての数日まえと今の空洞淵で、かなりの時間的隔たりがあることを彼は認識できていないのだ。

何故《なぜ》なら——空洞淵が七ヶ月あまりを過ごしてきた〈幽世《かくりよ》〉から戻ってきたとき、〈現世〉では一秒も時間が経過していなかったのだから。

＊

賢者の閨《ねや》にいたはずが、一瞬の後に真夏の遊歩道に移動していたあの夜。

慌《あわ》ててスマートフォンで現在時刻を確認した空洞淵は、混乱の極致にいた。

空洞淵が〈白銀の愚者〉月詠《つくよみ》によって〈幽世〉へ連れ去られた七ヶ月まえのあの晩から、まったく時間が経過していない――。

その事実が、空洞淵から完全に思考力を奪ってしまった。

ただでさえ、突然〈現世〉へ飛ばされた理由がわからず混乱するばかりであったというのに、時間すら経過していないというのはどういうことなのか。

考えたところで、答えが出るとも思えない。

ひょっとしたら、真夏の暑さにやられて、長い長い夢を見ていただけなのではないか――。

そんなことすら考えながら、空洞淵は一旦《いったん》自宅のマンションへ戻った。体感的には七ヶ月ぶりであっても、思考停止したまま辿《たど》り着くことができたので帰巣《きそう》本能というものは馬鹿《ばか》にできないものだ、などと現実逃避気味に感心する。

家に帰り、まず真っ先に冷蔵庫の中身を確認してみるが、特に何か傷《いた》んでいる様子もない。やはり時間は経過していないらしい。

狐《きつね》に摘《つ》ままれたような気持ちのまま、その日は食事も摂《と》らず、シャワーを浴びてすぐ眠りに就いた。真夏の夜ではあったが、エアコンのおかげで暑さを感じることもなく、速やかに就眠できた。

翌朝、悪い夢でも見ていたように、いつもの御巫《みかなぎ》神社の寝所で目が覚めないものかと期待したが、瞼《まぶた》を開けた先にあったのはマンションの部屋だった。

酷《ひど》い落胆とある種の諦観《ていかん》を覚えながらそのまま起床する。時刻はまだ午前六時を過ぎたところ。出勤まで随分と時間が空いていたが、日の出とともに目が覚めるよう体内時計が調整されてしまっていたのだから仕方がない。

相変わらず食欲はなかったが、冷たい茶漬けを無理矢理かき込んで、散歩がてら早めに家を出ることにした。

気を紛らすように、のんびりと久方ぶりの〈現世〉を歩く。踏みしめるアスファルトの硬さに戸惑いながら、当《あ》て所《ど》もなく足を動かす。

この段になりようやく気づいたのだが、よく見えなかったはずの右眼の視力が完全に回復していた。景色の立体感の変化に戸惑いながら、慎重に歩みを進めていく。

早朝の街は目覚めを待っているようにひっそりとしている。〈幽世〉であれば、夏はもうみんなこれくらいの時間から活動を始めていたはずなので、時差ボケになったように錯覚してしまう。

都市部の中にあって木々の多いこの辺りは、散歩道としてお年寄りから子どもまで幅広い年齢層に人気だ。それを示すように、散歩を楽しむ年配の女性やジョギングに勤《いそ》しむ中年男性などまばらに人影が見えた。

その様子を見て、少しだけ心を落ち着かせる。〈幽世〉での日々は、基本的に賑《にぎ》やかであることが多かったので、マンションの部屋に一人でいるとどうしても気が塞《ふさ》いでしまっていたのだ。

失ってから気づく、あの掛け替えのない時間。

気がつくと空洞淵は、あの場所に立っていた。

そこは、空洞淵が初めて〈白銀の愚者〉と出会ったところで――。

そして、昨日いつの間にか自分が立ち尽くしていたところでもある。

周囲に何か〈幽世〉にまつわるものでも落ちていないかと探してみるが、残念ながら特に変わったものは見つけられなかった。

〈現世〉へ戻ってきた時点で、服装から持ち物まですべてが、〈幽世〉へ行くまえの状態へ戻っていた。つまり、何もこちらの世界へは持ち込めていないということ。

言い換えるならばそれは――〈幽世〉の存在を示すものが、何一つとして残されていないということ。

すべてが空洞淵の妄想であったとしても……何の不都合もない。

空洞淵が、〈幽世〉へ行ってから戻ってくるまでの間で、この世界の情報収支はプラスマイナスゼロなのだ。

世界が、あらゆる矛盾を修正している。

まるで初めから何もなかったように――。

空洞淵自身、自分の七ヶ月の体験が、真に現実のものであるという確信が持てなくなっており……そんな違和感から目を背けるように、雑多な日常に没頭した。

そして気がつくと、あの運命の夜から一週間が経過していた。

＊

一度目を閉じて、雑念を振り払い、空洞淵は小宮山が淹れてくれたコーヒーを一口啜《すす》る。淡い苦みが、少しだけ思考を整理してくれた。

「……長い、夢を見たんです」

上手《うま》く説明できる自信はなかったが、それでも空洞淵は急《せ》き立てられるように言葉を紡《つむ》ぐ。

「夢の世界は、医療が乏しくて……。僕はそこで、医療従事者として働くことになりました」

小宮山は何も言わず、ただ興味深そうに空洞淵の言葉に耳を傾けていた。

「その中で僕は……自分にできる唯一《ゆいいつ》の手段である漢方を用いて、病に苦しむ人々を救おうとしました。僕なりに最善を尽くしたつもりではありますが……救えた命も、救えなかった命もたくさんありました」

胸を衝《つ》く思いは、後悔ばかり。

もっと上手くできたのではないか。もっと別の薬があったのではないか。

患者の死に際《ぎわ》に立ち会う度に、止めどない後悔に襲われた。

無事に患者を救うことができても達成感などはまったくなく、どうにか今回は上手くいったと安堵《あんど》するばかりだった。

自分の無力を、切実に実感する日々。

「色々なことを考えて、たくさん悩んで……それで思ったんです。結局どこまでいっても——僕にできることは精一杯患者さんに向き合うことだけなんだって。現代医療や漢方の知識は……あくまでもその道標《みちしるべ》にすぎないんだって」

医療が人を救うわけではない。医療は、あくまでも手段の一つ。

突き詰めてしまえば——人が、人を救うのだ。

それは医療も、あるいは祓《はら》い屋も、同じことだ。

「誰かを救いたいと思うならば、責任を持ってその人と向き合い、可能な限り寄り添っていかなければならないのだと……僕はそう結論づけました。だから、夢から覚めた今も……無意識にそれを思って、人との繋《つな》がりを大切にするようになったのかもしれません」

今となっては、〈幽世〉での日々が、自分にとっての本当の経験なのか、それともただの妄想だったのかは判別できない。

でも、自分の中で芽生えたこの思いだけは、間違いのない一つの答えなのだと信じられた。

「――そうか」

小宮山は、感嘆するように呟《つぶや》き、不意に目元を手で覆《おお》った。

意外な反応に、空洞淵は戸惑う。

「いや、すまない……」小宮山はわずかに声を震わせて言う。「実は……空洞淵先生も以前同じことをおっしゃっていてね……。医療を志すならば、人から逃げてはならないと……」

小宮山の言う空洞淵先生、というのは、数年まえに亡《な》くなった空洞淵の祖父、道玄のことだ。小宮山にとっては、漢方の兄弟子に当たる。

祖父が、空洞淵と同じ結論に至っていたという話は初耳だったが、祖父を心から尊敬していた空洞淵としては、誇らしい気持ちになる。

あまりにも基本的で、あまりにもシンプルな結論だが……それゆえに極めることが難しいとも言える。

「……年を取ると、涙もろくなっていけないね」

白衣のポケットから取り出したハンカチで目元を拭《ぬぐ》ってから、小宮山はどこか晴れやかに微笑《ほほえ》む。

「何だか、どんどん空洞淵先生に似てきたね。……ちょうど一週間まえに僕が言ったことを覚えているかい」

急に問われて、空洞淵は面食らう。

小宮山の言う一週間まえというのは、空洞淵の体感では七ヶ月もまえのことになる。いったい何の話だったか、と必死に思い出そうとする。確か、〈幽世〉へ連れて行かれる直前、空洞淵は自分の中の医療というものについて悩んでいて……小宮山から助言をもらったのだった。

――たくさんの人と関わり、異なる考えを見聞きして、それを糧《かて》に自分なりの結論を見出《みいだ》せ、と。

そうか、と空洞淵も腹に落ちる。

あの運命の日から、七ヶ月。夢とも幻ともつかない様々な経験を経て、空洞淵は無意識のうちに自分なりの結論に至っていたわけだ。

釣られるように感極まって、空洞淵は、覚えています、とだけ答えた。

小宮山は一歩歩み寄り、嬉しそうに空洞淵の肩へ手を置く。

「空洞淵先生からきみが一人前になるまで見守っていてほしい、と頼まれていたけれども……。いつの間にか、立派になっていたね」

「僕なんて……まだまだです」

謙遜《けんそん》ではなくそう答えるが、胸の奥からは熱い気持ちが湧《わ》き上がっていた。

だが、それと同時に――針で刺したような鋭い痛みを覚える。

もしも空洞淵が、僅《わず》かなりとも成長できたのだとしたら、それはいつも隣にいてくれた人のおかげだ。

にもかかわらず、自分は一度も、その誰よりも大切な人にお礼を言えていなかった。

成長自体に気づけていなかったのだから、仕方がないといえば仕方がないのだけれども……どうしたって悔いは残る。

せめて一言だけでも……言葉を交わしたかった。

ありがとうと、そう伝えたかった。

でも、その言葉もその想《おも》いも、今は泡沫《うたかた》の夢と消えるばかりで。

空洞淵は、ただ歯を食いしばって、胸の痛みに耐え続けることしかできなかった。

2 〈幽世〉

御巫神社へ続く長い石段の下で、男は所在なく立ち尽くしていた。

教会の神父が身に纏《まと》うような黒のキャソックに、黒のテンガロンハットを合わせた目つきの悪い長身の男。

一見すると死神の如《ごと》く不吉極まりないが、片手に提げた可愛《かわい》らしい籐籠《とうかご》には目一杯の果物が詰め込まれており、見る者を著しく惑わせる。

男——祓魔師《ふつまし》を生業《なりわい》とする朱雀院《すざくいん》は、ちらと石段の上の鳥居を見上げて、躊躇《ためら》いがちにため息を零《こぼ》した。同じことをここへ来てからすでに五回はくり返している。

足は重く、気も乗らない。

本当ならば今すぐに踵《きびす》を返してこの場から立ち去りたいところではあったが、〈お使い〉なのだから仕方がない。

何度目ともわからないため息を零してから、気持ちを鎮《しず》めるため煙草《たばこ》を咥《くわ》えて火を点ける。と、ちょうどそのとき――。

「――おや、祓魔師殿。このような場所で奇遇ですな」

できれば今この場では聞きたくなかった声で呼び掛けられる。苛立《いらだ》ちを抑えるように煙草を噛《か》みながら声のほうを見やる。

黒衣に濃紫《こむらさき》の袈裟《けさ》を身に着けた男が、ニコニコとしたまるで信用できない笑みを顔に貼《は》りつけて立っている。

「……よう、釈迦《しやか》の字」

半ば無意識に舌打ちをしてしまう。しかし、相手の男――釈迦堂悟《しやかどうさとる》はまったく気にしていない様子で朗らかな笑みを湛《たた》えたままだ。

「相変わらず不吉な気配を振《ふ》り撒《ま》いていますねえ。巫女《みこ》様にご用事なのではないのですか？」

いきなり図星をさされて面食らう朱雀院だったが、釈迦堂の右手に提げられた風呂《ふろ》敷包《しき》みを見て、すぐに察する。

「……おまえさんも目的は一緒か」

「ええ、まあ」釈迦堂は風呂敷を軽く掲げる。「ウチのお師匠様が、巫女殿の見舞いへ行けと小煩《こうるさ》くて。玲衣《れい》を使いに出せばいいでしょう、とごねてみたのですが、いいから早く行けとどやされましてねえ。お師匠様は玲衣に甘くて参りますよ」

やれやれと言わんばかりに肩を竦《すく》める。玲衣、というのは半年ほどまえ寺に入った釈迦堂の弟弟子だ。

普段、釈迦堂の肩を持つことなど滅多にしない朱雀院だったが、今回ばかりは共感してしまう。

「……こっちも似たようなもんだよ。〈猊下《げいか》〉の使いでな……嬢ちゃんの様子を見てこいと。お互い、下っ端《したっぱ》は苦労するな」

「肩身が狭いですねえ」

朱雀院に倣《なら》うように、釈迦堂は懐《ふところ》から煙管《きせる》を取り出して火を点ける。

しばし無言のまま、並んで紫煙を吐く。

「――それにしても」沈黙に耐えかねたように釈迦堂は口を開く。「この街は、薬師《くすし》の先生がある日突然いなくなる呪《のろ》いでも掛けられてるんですかねえ」

法師の軽口に、朱雀院は顔をしかめる。

「……縁起でもないことを言うな」

「しかし、燈《あかり》先生に続いて旦那《だんな》までもとなると、ねえ。街で噂《うわさ》が流れるのも時間の問題ですよ」

まるで他人事《ひとごと》のように言って、釈迦堂はぷかり、と口から輪形の煙を吐いた。

薬師の空洞淵霧瑚が、突如〈極楽街〉から姿を消して、一週間が経過したところだった。実際、その場に居合わせたわけではない朱雀院には状況がよくわかっていなかったが、とにかく空洞淵は、賢者が住まう〈大鵠庵《だいこくあん》〉から一瞬で姿を消したらしい。

空洞淵はすでに唯一の薬師として、〈極楽街〉になくてはならない存在になってている。そんな彼が姿を消したということが街の人々に知られたら大騒ぎになってしまうため、現在は一部関係者のみに知らされている状態だった。

空洞淵が営んでいる薬処《くすりどころ》〈伽藍堂《がらんどう》〉も、今は一身上の都合で休業中だ。だが、当然いつまでもこのままの状態を維持できるはずもない。そう遠くないうちに、空洞淵失《しっ》踪《そう》の噂は街中の知るところとなるだろう。

まして〈伽藍堂〉の前店主である宝月《ほうづき》燈もまた失踪中の身なのだから、察しのいい人であればそろそろ不審に思い始めたとしても不思議はない。

早く戻って来ることを願うが、何の足取りも摑《つか》めないまま時間ばかりが過ぎていく。

聞くところによると、〈現世〉に戻されたのではないか、ということだったが……今のところ具体的なことは何もわかっていない。

「……まあ、空洞の字のほうも問題だが、目下一番拙《まず》いのは嬢ちゃんのほうだろう」

口から吐く紫煙に酷い苦みを覚えながら、朱雀院は言う。

そう、さらにもう一つ大きな問題があった。

空洞淵の失踪以降、〈破鬼の巫女〉こと御巫《みかなぎ》綺翠《きすい》が人前に全く現れなくなってしまったのだ。

綺翠は、〈幽世〉の秩序の象徴のような存在だ。いくら月詠が悪さをしなくなり、平和な世の中になったとしても、感染怪異にまつわる騒動自体がなくなったわけではないので、綺翠が人前に出なくなってしまうことは、人々の心の安寧を思えば色々と都合が悪い。

空洞淵と綺翠が恋仲であることは、周知の事実。空洞淵の失踪に心を痛めて、寝込んでしまったに違いない、というのが朱雀院の上司に当たる〈狒下〉の考えだった。

朱雀院が見舞いの果物を持って御巫神社へ訪れたのもそのためである。

見たところ、釈迦堂も同じような事情のようだ。

「個人的にはあの巫女殿が、男が失踪したくらいで寝込むとも思えないんですが……。まあ、女の勘ってヤツなんですかね。そういった色恋の機微みたいなものは、私にはわからないんで、こういうときは大人しくお師匠様の判断に従うが吉ってもんです。そちらの〈猊下〉様も似たようなものでしょう？」

すべてお見通しのようだ。

「……まあな。俺もあの嬢ちゃんはそんなヤワじゃねえと思うんだが、人前に出てこねえってことはひょっとしたら具合でも悪くなってるかもしれねえからな。同業者として見舞いくらいは……」

「その割には、こんなところで油を売って、気乗りしない様子ですが」

「気は乗らねえだろ。こういうとき、なんて言葉を掛ければいいのかもわからねえよ」

「適当に慰めておけばよいでしょう。巫女殿ほどの器量があればすぐまたいい人が見つかりますよ、とか」

「……おまえさんが斬《き》り殺されたら骨くらいは拾ってやる」

怖いもの知らずもここまでくれば立派なものだ。

「でも、仮に旦那が〈現世〉へ行ってしまっているのだとしたら、月詠殿は何故迎えに行って差し上げないのでしょう？」

〈白銀の愚者〉月詠には、〈幽世〉と〈現世〉を自由に行き来する能力があると聞き及ぶ。

「俺も詳しくは知らねえんだが、色々あって今はその能力を使えねえらしいぞ」

「おや、それは面妖《めんよう》な。しかし、そういった事情なのであれば……我々にとっても今生《こんじょう》の別れになるのかもしれませんね。個人的に、旦那のことは結構気に入ってたんですがねえ」

しみじみと言って、釈迦堂は紫煙を吐く。その横顔がどこか寂しげに見えて、朱雀院は意外に思う。この男はいつも飄々《ひょうひょう》としていて、腹の内が見えづらいところがあるのだが……ひょっとしたら空洞淵との予期せぬ別れを本当に惜しんでいるのだろうか。

少し突っ込んで聞いてみたいところではあったが、悪趣味だと思って自制する。

誰がどう感じようが、人の自由だ。

何よりも……朱雀院自身が、空洞淵との別れをこの上なく惜しんでいる。人生、出会いがあれば別れもあることとくらい重々承知しているつもりだが、別れの言葉一つ交わせなかったというのは、正直心残りだった。

せめて一言でも声を掛けられたのなら、折り合いも付くというものだが……。

「まあ、ともあれいい加減、我々もお勤めを果たしましょうか」

一服吸い終わったのか、釈迦堂は煙管を仕舞う。

確かにいつまでもここでだべっているわけにもいかない。朱雀院も覚悟を決めて吸い殻を携帯灰皿に仕舞い込む。

「……行くか」

一度石段の上の鳥居を見上げてから、重たい足を上げて階段を上り始める。すぐ隣を相変わらず飄々とした様子の釈迦堂が軽い足取りで歩いている。

自分一人だけでは空気が重たくなりそうで心配だったが、釈迦堂も一緒なのであれば何とかなりそうな気がした。

よしんば空気が重たくなってしまったとしても、釈迦堂にすべての責任を押し付けてしまえばよい。

少しだけ展望を明るくしながら、朱雀院は緋色《ひいろ》の鳥居を潜《くぐ》る――。

「――あら、意外な顔ぶれね。二人揃《そろ》って宗旨替えでもしたの？」

境内に立っていたのは、白い装束に緋袴《ひばかま》を合わせた巫女――渦中《かちゅう》の御巫綺翠その人だった。綺翠はまるで何事もなかったように、竹箒《たけぼうき》を持っている。境内の掃除をしていたらしい。

予想外の展開に戸惑いながら顔を見合わせる男二名。

綺翠は不思議そうに首を傾《かし》げた。

「鳩《はと》が豆鉄砲を食ったような顔をして……何か用かしら？ タチの悪い怪異でも出た？」

「い、いや……そういうわけじゃないんだが……」面食らいながらも朱雀院は答える。

「最近嬢ちゃんが人前に顔を出さなくなったって聞いて、様子を見に来たんだよ」

「ああ、そうだったの」

得心いったというふうに綺翠は一度目を閉じる。その所作が妙に色っぽく映った。

「それは心配を掛けて申し訳なかったわね。実は、長旅の影響で風邪を引いてしまって……それで人に移したら悪いから、神社に引《ひ》き籠《こ》もっていたのよ。ほら、空洞淵くんもいなくなってしまったし、軽い風邪も甘く見られないでしょう？」

綺翠の口から空洞淵の名前が出たことに驚く。しかし、綺翠の様子は普段どおりのように見える。言葉どおり、空洞淵がいなくなったことを受け入れているということなのだろうか。

「いやはや、巫女殿がお元気そうでよかった」釈迦堂は殊更《ことさら》明るく言った。「いえ、まさに我々も巫女殿が体調を崩されているのではと心配になりましてね。あ、これはウチのお師匠様からの見舞いの品です。甘味品の詰め合わせのようですから、妹巫女殿と召し上がってください。……ほら、祓魔師殿も」

「あ、ああ」慌てて朱雀院も手に提げた籐籠を示す。「こっちは〈猊下〉から。言伝《ことづて》も預かってて、『もし何か困ったことがありましたらいつでもお声掛けください』ってことだ」

「それはご丁寧に……。穂澄《ほずみ》も喜ぶわ。お心遣い感謝いたします、とお伝えいただけるかしら」

礼を尽くすように、綺翠は二人に対して深々と頭を下げた。

相変わらず如才ない様子で、やはり特別気落ちしているふうには見受けられない。

もちろん、空洞淵がいなくなってしまったことに心を痛めているのだろうが、それでも前向きに生きる決意を固めているように思える。

考えていたよりも、ずっと元気そうに見えたので朱雀院は胸をなで下ろす。

「よかったらお茶でも飲んでいく？」

何気ない綺翠の提案。一瞬だけ考えて、すぐに首を振る。

「いや、今回は遠慮しとくよ。病み上がりに無理はさせられねえ。もう少し落ち着いたら、今度は酒でも持ってくるよ」

「あら、それは楽しみね」綺翠はわずかに口元を緩めた。「それじゃあ、二人とも気をつけて帰ってちょうだい」

受け取った見舞いの品を持って、綺翠は母屋《おもや》のほうへ消えていった。

「……思いのほか元気そうですね」巫女装束の華奢《きやしゃ》な背中を見送ってから釈迦堂が呟いた。「もう少し悲壮さを滲《にじ》ませているものかと思ったのですが……意外でした」

意外、というのは朱雀院も同意見だった。

空洞淵の失踪からまだ一週間しか経過していないのだ。もう二度と会えない状況なのだから、実質的には死別も同じはずなのに……綺翠は驚くほど普段どおりに見えた。

「俺ら外野が思ってるより、嬢ちゃんが強かったってことだろ。何にせよ、問題が一つ片付いたのは僥倖《ぎょうこう》だ。ひとまずしばらくは嬢ちゃんの代わりに、おまえさんと俺で、何とか街の怪異を祓っていけば――」

話をまとめようとしていたところで、突然背後から声を掛けられた。

「――おい、そこな盆暗ども」

何の気配もなかったところから突然声を掛けられたものだから、心底驚いて振り返る。

そこに立っていたのは、橙掛《だいだいが》かった黄色の着物を纏った童女だった。

いい年をした大人二名に対してあまりにも無礼な呼び掛け。それが本当に幼子であったならば、大人として注意の一つもしなければならなかったが、一見してそれはただの童女ではなかった。

額からそれはそれは見事な二本の角を生やした童女の名は——槐《えんじゅ》。

昨年の秋頃から御巫神社に棲《す》み着いた鬼と呼ばれる根源怪異だ。

朱雀院はどのような経緯で彼女がこの地に身を落ち着けたのか詳しく知らなかったが、聞くところによると遠く離れた地から空洞淵と綺翠を頼ってわざわざやって来たのだとか……。

「いい年をした大人の男が、斯様《かよう》な間の抜けた面《つら》を晒《さら》すでない」

槐は、愛らしい幼い顔を不愉快そうに歪《ゆが》めた。

「先ほどから黙って様子を見ておれば……お主らには呆《あき》れるばかりじゃ」

「何か、我々がやらかしましたか？」不思議そうに釈迦堂は尋ねる。「巫女殿に無礼を働いたつもりはないのですが」

「お主らは存在そのものが無礼じゃ。三十路《みそじ》を過ぎた男が、女心もわからず恥ずかしいと思わんのか」

「ははっ、言われてますよ、祓魔師殿」

「……おまえさんも今年で三十路だろうが」

呆れる朱雀院だったが、しかしそれはそれとして、綺翠に無礼を働いた覚えはないため、何故この鬼の童女がここまで不機嫌なのか理解できなかった。

槐は、付いてこい、と鳥居を抜けて石段を下りていく。状況が今ひとつよくわからなかったが、逆らって勝てる相手でもなかったので、大人しく二人並んでその小さな背中を追う。

槐は石段を下り終えたところで、ようやく足を止めて振り返る。

「まったく……お主らにはほとほと呆れるばかりじゃ。健気《けなげ》な綺翠によくもあそこまで、無神経な言葉が吐けるものじゃ。恥を知れ、この痴《し》れ者《もの》どもが」

腕組みをして目付きを鋭くする槐だったが、如何《いかん》せん十歳の子どもほどしか身の丈がなく、対する男二人が長身であることもあってお世辞にも迫力があるとは言いがたい。

だが、相手は〈幽世〉でも最強格の怪異である鬼で、尚《なお》かつ自分の十倍以上もの長きを生きている偉大な存在だ。その発言を迂闊《うかつ》に軽んじることなどできない。

「その……嬢ちゃんは元気そうに見えたが、やっぱり空洞の字がいなくなって気落ちしてるのか」

「気落ちしていないわけがなかろう」これ見よがしに深いため息を吐《つ》く。「想い人が、突然いなくなったんじゃ。しかももう二度と会えぬかもしれんという。斯様な状況で気落ちせぬ女なぞこの世におらんわ。まして綺翠は人一倍情に篤《あつ》い優しい子じゃ。その胸に満ちる寂しさも悲しみも一入《ひとしお》じゃろう」

「しかし、槐殿」釈迦堂が割って入る。「見たところ巫女殿はそのような素振りを見せてはおられませんでしたが」

「それは、お主らの目が節穴《ふしあな》だからじゃ」

槐は腰に手を当てて眉《まゆ》を吊《つ》り上げる。

「普段よりも化粧が濃かったじゃろうが。あれは憔悴《しょうすい》しきった顔を隠すためじゃ。それでも泣き腫《は》らした目元の赤みだけは僅かに残っておったというのに……それに気づかんとは、情けないばかりじゃ。霧瑚のほうがまだマシじゃぞ」

「…………」

鈍感の代表格だと勝手に思っていた空洞淵以下の烙印《らくいん》を押されてしまったら黙らざるを得ない。

しかし、確かに言われてみれば目元に注目したとき、妙に色っぽく見えて驚いたのだった。朱雀院からすれば、綺翠などまだまだ子どもで色気とは無縁だと思っていたのだが……あれは、憂《うれ》いを隠す所作のためだったのか。

「元より綺翠は、本心を押し隠すことに長《た》けている。おそらく童《わらべ》の頃から、ずっと自分を殺し続けてきたのじゃろう。〈破鬼の巫女〉などという重責を負わされ、〈幽世〉のために尽くすことを強いられた身の上なのじゃから致し方ない部分はあろうが……。それでも、最愛の男を失った悲しみを押し殺し、〈幽世〉のため気丈に振る舞う姿は健気以外の何ものでもなかろう」

客観的に、あるいは常識的に考えて、今の状況で綺翠が心を痛めていないはずがない。にもかかわらず、表層的に綺翠を評価して、元気そうだ、などと無神経なことを言ってしまった朱雀院たちは、なるほど盆暗の誹《そし》りを受けても致し方ないと言える。

「……でもよ、綺翠嬢ちゃんは、悲しんでるのを隠してるわけだろう？　なら、気づかない振りをしてやるのが大人ってもんじゃないか？」

「一理ある。じゃが、お主らは『振り』ではなく本当に気づかなかった。だから、わざわざ妾《わらわ》がこうして釘《くぎ》を刺しに来てやったのじゃ。放っておいたら心ない一言で綺翠を傷つけるかもしれんからな」

「それは……その、悪かったよ」

確かに察しが悪すぎた。朱雀院は反省して素直に謝る。倣うように釈迦堂も、面目次第もございません、と頭を下げる。

「わかればよいのじゃ」

満足したように槐は頷《うなず》いた。厳しいことは言っても、この鬼は基本的に人間に対して友好的なのである。

「それにしても、槐殿」いい機会とばかりに釈迦堂は尋ねる。「空洞淵の旦那が、〈現世〉へ行ってしまったというのは本当なのでしょうか？」

「本当のようじゃな」困ったように鬼の童女はため息を漏らす。「妾も詳しい事情を知っているわけではないが、賢者を救った代償として霧瑚は〈現世〉へ帰されたらしい。元よりあやつはこの世界の住人ではない。自然のあるべき姿に戻ったわけじゃな」

聞くところによれば、ほんの一週間ほどまえまで〈国生みの賢者〉金糸雀《カナリヤ》は、命の危機に瀕《ひん》していたそうだが……この口ぶりだと、どうやら事実のようだ。

金糸雀は〈幽世〉という世界そのものであり、万が一彼女に何かがあればこの世界が崩壊してしまうらしい。

つまり空洞淵は、〈幽世〉を救ったために、自分が元いた世界へ無理矢理連れ戻されてしまったということになる。

それではあまりにも……空洞淵も綺翠も救われないではないか。

「空洞の字をまたこっちへ連れ戻すことは……できないのか？」

「賢者も愚者も、揃《そろ》って今のところ手はないと言っておるな。綺翠には気の毒な限りじゃが……自然の摂理には逆らえないということかの」

悲しげに目を伏せる槐。綺翠のことを思い、心の底から案じていることがよくわかる。これほど情が深い根源怪異も珍しい。

「巫女殿のことは気の毒に思いますが……もしかしたら、これでよかったのかもしれませんね」

釈迦堂がどこか達観したことを言う。

「よかったってのは……どういう了見だ？」

知らずのうちに、朱雀院は不機嫌な声で尋ねてしまう。しかし、釈迦堂は受け流すように軽く肩を竦めた。

「そんな怖い顔をしないでくださいよ。私だって、空洞淵の旦那のことは好きでしたし、急な別れを心底惜しんでいます。しかし、それは我々の勝手な意見です。旦那だって、気のいい人でしたから、我々との別れを惜しんでくれているでしょうが……そもそもあの方は、無理矢理〈幽世〉へ連れて来られていたのですよ？　ならば、元いた生まれ故郷に戻れたことを、友人として素直に喜んで差し上げるべきなのではないでしょうか」

「それは……」

確かに釈迦堂の言い分にも一理あるように思えて、二の句が継げなくなる。

朱雀院たちにとっては見知らぬ異界だが、空洞淵にとって〈現世〉は故郷なのだ。ならば……わけもわからないまま〈幽世〉へ連れて来られた空洞淵が、無事に〈現世〉へ戻ることができた今、悲しみを堪《こら》えて彼を送り出してやるのが正しい気もする。

空洞淵は元々あまり自分のことを話さなかった。あるいは内心でずっと〈現世〉へ戻りたがっていたのだとしても……不思議はない。

「……もしかしたら、霧瑚も内心ではこのような日が来ることを覚悟していたのかもしれんな」

槐の呟きに、釈迦堂は首を傾げる。

「というと？」

「あやつ、ずっと綺翠のことを好いていたにもかかわらず、なかなか手を出さなかったであろう？　ひょっとすると……いずれ〈現世〉へ帰ることを考慮していたのかもしれぬと思ってな」

「……旦那ならば、あり得ますね。恐ろしいほど先を見通すことに長けている方でしたから」

納得したように顎《あご》を摩《さす》る釈迦堂。

確かにあの空洞淵であれば、自分がこの世界における〈異物〉であることを自覚し、いずれ元の世界へ戻ることを考えて、他者との関係性を積極的に深めることをしなかった——とするのは驚くほどすんなり頷ける。

逆に言えば、そのような覚悟の上でも綺翠との関係性を一歩踏み込んだものに変えたのだから、彼が綺翠を想う気持ちは紛れもなく本物だったのだと言えるのかもしれない。

……だとしたら、やはり空洞淵は〈幽世〉へ戻りたがっているのではないか。

それは朱雀院の希望的観測だったが、あながち的外れでもないだろう。

もっとも、いずれにせよ今の彼らにできることなど何もなかったけれども。

「……まあ、もう終わってしまったことは仕方がない。出会いがあれば別れもあるのが人生じゃ」

鬼の童女は、達観したことを言った。

「心の傷も、時間が経《た》てばいずれ必ず癒《い》えるものじゃ。どこぞの盆暗が下手に傷口を刺激しなければな。とにかくお主らは今後、綺翠と穂澄の扱いに気を遣うように。というか、しばらく神社には来るな。そっとしておけ。よいな？」

言われるまでもない。朱雀院と釈迦堂はほとんど同時に頷いた。

触らぬ神に何とやらだ。まして相手は異教の神の巫女。立場的にもあまり深入りすべきではない。

理性では理解できていたのだけれども。

それでも朱雀院は、二人のことが気になって仕方がなかった。

(……空洞の字。おまえさん、今、どこで何してんだ)

友人を想う心の声は、ただ春風に乗ってどこへともなく消えていった。

3 〈現世〉

空洞淵が自分なりの結論に至ってから、三日が経過した日の昼食時。

売店のレジに並んでいた空洞淵は、ふいに背後から肩を叩《たた》かれた。

「空洞淵先生、お疲れさまです」

すぐ後ろには、半袖白衣に薄手のカーディガンを羽織った若い女性が立っていた。

最近、病棟でよく言葉を交わすようになった看護師の笹井《ささい》だった。

これまで昼休みに誰かに話しかけられることなどほとんどなかったため多少面食ら

いながらも、空洞淵はお疲れさまです、と応じる。

笹井は人好きのする笑みを口元に浮かべながら、好奇に満ちた丸い目で空洞淵を見上げる。

「これからお昼ですか？」

「ええ、まあ」

控えめに答えて、笹井の手元を見る。彼女の手には二個入りの桜餅《さくらもち》のパックが握られている。食後のデザートだろうか。

「え、空洞淵先生、それだけですか？」

笹井は驚いたように空洞淵の手元を見る。手には二個入りの塩むすびとたくあんがセットになったパックとホットの緑茶が握られている。塩むすびセットは、購買の弁当類で最も安いものになる。

「空洞淵先生、貯金くらいしか趣味がなさそうなのに……金欠ですか？」

些《いささ》か礼を欠いた物言いだったが、その率直な言葉がどこか賢者の執事を思い起こさせて、懐《なつ》かしさのあまり思わず苦笑を返す。

「貯金しか趣味がないのは合ってますが、これは単純に塩むすびが好きなだけです」

「ふうん、おじいさんみたいですね」

あまりと言えばあまりの言葉だったが、それが妙に心地よくて空洞淵は軽く噴き出してしまった。

「そうかもしれませんね。でも、美味《おい》しいですよ、塩むすび。食べたことがないなら、今度食べてみてください」

塞いでいた気持ちが、少しだけ和らいだ気がする。

実際のところ、〈幽世〉で暮らしていた頃、昼食は大抵、朝に穂澄が用意しておいてくれた塩むすびだったので、その頃の習慣を引《ひ》き摺《ず》ってしまっているだけなのだが……塩むすびが好物になったのは本当だった。

でも、穂澄が作ってくれたもののほうがずっと美味しかったような気がして、昼食に塩むすびを食べる度に寂しく思うことをくり返していた。

だから、今日もまたそんな無為な昼食をくり返すのか、と思っていたので、ここでこうして笹井と話して気が晴れたのは、正直ありがたい。

何が面白いのかわからない、というふうにぽかんとする笹井だったが、すぐに釣られたように笑みを零した。

「やっぱり変わってますね、空洞淵先生。もしよかったら、お昼ご一緒しません？」

さり気ない昼食の誘い。どうしたものか、と迷う。空洞淵の中には、綺翠という心に決めた人がいるため、遠く離れた〈現世〉にいる今も、若い女性と二人で食事を摂《と》るのはできれば避けたいところなのだけれども……。

しかし、そんな逡巡《しゅんじゅん》を見越したように笹井は笑顔で告げる。

「漢方のこと、教えてくださいよ。葛根湯《かっこんとう》って風邪の薬ですよね？　なんで肩凝りに使うんですか？」

さすがに漢方の質問は無下にはできない。空洞淵は観念して息を吐いた。

「……わかりました、付き合いましょう」

「やったぁ」

嬉《うれ》しそうに笹井は小さくガッツポーズをした。それほどまでに漢方に興味を持ってくれているのだとしたら、漢方家の端くれとして空洞淵も嬉しい限りだ。

会計を終えた空洞淵は、病院の休憩スペースへ向かう。笹井は弁当を取ってくる、と一度ナースステーションへ引き返していった。今頃はランチメイトへ謝罪をしている頃だろう。

休憩スペースは、昼食を摂る職員たちで賑わっていた。幸い、隅の小さいテーブルが一つだけ空いていたのでそこに着く。

一人でさっさと食べ始めるわけにもいかないので、ぼんやりして待っていたらすぐに笹井がやって来た。

「すみません、お待たせしました」

どこか浮き足だった様子で椅子《いす》に腰を下ろして、笹井は空洞淵の顔を窺《うかが》う。

「あの、つかぬことを伺いますが」

「なんです？」

「ひょっとして、スマホをお持ちでない？」

「え、持ってますけど……」

言いながら白衣のポケットにしまわれていた院内スマホを示す。しかし、笹井は顔をしかめた。

「いえ、それではなく……個人用の」

「持ってますよ。今はロッカーの中ですけど」

仕事中の連絡はすべて院内スマホに来るので、自分のスマホを持ち歩く理由はない。空洞淵としては当たり前のことを言っているだけなのに、笹井は珍獣でも見るように目を丸くしている。

「私が来るまで暇だったはずなのに……。暇つぶしでスマホ触ってない人見たの久しぶりですよ」

元より、空洞淵に個人的な連絡を寄越す人は上司の小宮山くらいなので、なおさら仕事中に自分のスマホを持ち歩く理由はない。

「だから持ってないのかと思ったんですけど……。ひょっとして、SNSとかもやってない感じです？」

「やってないですね。興味ないので」

「友だちと連絡とかどうやって取り合ってるんですか？」

「番号は学生時代から変わってないので、必要があれば電話が掛かってくると思います。あとはSMSですかね」

「あれ有料ですよ」

「月一くらいでしか使いませんし……」

言いながら、客観的に見れば、かなり寂しい人間であることに気づいてしまう。

そもそも以前は、空き時間にスマホを触って時々は天気予報やニュースを確認していたはずだったが……〈幽世〉から戻って以来、それもやめてしまった。空き時間は、無理矢理情報を詰め込むのではなく、ぼんやりして自分の中の情報を整理することに使ったほうが性に合っていることに気づいてしまったためだ。

結果として空洞淵のスマホは、現状、無用の長物と化している。

昼休みは短いので、早速おにぎりを食べながら、空洞淵は尋ねる。

「笹井さんは、SNSやってるんですか？　疲れません？　そういうの」

「疲れますよそれは。たまにスマホ叩き割って川に投げ捨てたくなるくらいには」

持参した弁当を箸《はし》で少しずつ口へ運びながら、笹井はこれ見よがしに息を吐く。

「でも、私たちは小さい頃からこの環境ですからね。逆にこれ以外の社会を知らないんです。窮屈に感じることもありますけど、野放しにされるよりマシです」

色々大変そうだな、と空洞淵はおにぎりを食べながら他人事のように思った。

「いつでも連絡が取れる状態が、友だちという感じですか？」

「そうですね。だって、用事があるときはすぐ連絡取りたいじゃないですか」

それはそうだ、と空洞淵も思う。明らかにそのほうが便利だし、都合がいい。〈幽世〉では、誰かに急用があってもその用件を果たせるまでに時間が掛かるのが普通だったので、何度も歯痒《はがゆ》い思いをしていたものだ。現代の技術進歩は、当然の方向性と言える。

――にもかかわらず、〈幽世〉での人間関係のほうがよほど濃密なものだったように思えてしまうのは何故《なぜ》だろうか。考え込みそうになったところで、

「……いや、自分は関係ないみたいな顔してますけど、空洞淵先生の世代だって本当

はそうなんですからね。あなたが特別変わってるだけなんですからね」

冷静な顔で指摘されて、それもそうだ、と空洞淵は苦笑した。

「僕は子どもの頃から、あまり集団に馴染《なじ》めなくて。友だちが少ないんですよ。だから笹井さんのように友だちが多くて、ちゃんとコミュニケーションが取れる人が羨《うらや》ましいです」

「ふうん……孤高の人って感じですね」

何かを納得したように、笹井は弁当を食べ進める。

「そんなことより漢方のこと教えてください。葛根湯ってあれ何ものなんです？　風邪薬なのに応用範囲広すぎでは？」

「それは、風邪薬だと思うからそう感じるだけですよ」空洞淵は余計な思考を振り払って答える。「あれは基本的に太陽病の治療薬です」

「たいようびょう？」

初めて聞いた、というふうに笹井は首を傾げた。

「太陽、つまりお日様のことです。漢方——特に古方では、病邪、つまり病の進行段階に合わせて薬が変化していきます。太陽病はその初期段階に当たります。風邪薬と言われる所以《ゆえん》ですね」

〈幽世〉でも〈現世〉でも、繰り返し患者に説明してきたことなので、詰まることなくスムーズに続ける。

「基本的に現在一般的に使用されている漢方薬には、ほぼすべてに出典があります。出典、というのは所謂《いわゆる》古い医学書の類《たぐい》ですね。ウチの漢方診療科で主に使っている古方と呼ばれる処方は、すべて傷寒雑病論という西暦二〇〇年頃に編纂《へんさん》された医学書を出典としています」

大昔じゃないですか、と他人事のように言って、笹井は食事を続ける。

「葛根湯も傷寒雑病論を出典としており、中にはこんな記述があります。『太陽病、項背強《こうはいこわ》ばること几几《きき》、汗無く悪風《おふう》するは、葛根湯之《これ》を主《つかさど》る』。太陽病に罹《かか》って、首から背中に掛けて強ばって、発熱しているのに汗をかかず、風が吹くと寒気を感じる場合は、葛根湯がよい、というようなことを言っています。笹井さんも、インフルエンザとかに罹ったとき、肩とか腰とか痛くなった経験ありません？」

「あー、ありますあります！」笹井は嬉しそうに相づちを打つ。「あの寝ていても身の置きどころのない感じですよね」

「それですね。傷寒——つまり、急性熱性疾患の初期症状の場合、大体が太陽膀胱《ぼうこう》経と呼ばれる経絡が病みます。目頭にある〈睛明《せいめい》〉という経穴《つぼ》から始まり、頭の上を通って首筋、背中、腰と真っ直《まっす》ぐ足まで降りていく経絡です。だから太陽病の場合は頭、首、肩、背中、腰に掛けて痛みが出やすいんです」

「へえ、面白いですね。昔の人も今の人も、体質はそれほど変わらないんですね」

笹井は興味深そうに感嘆を漏らす。漢方に興味を持ってくれる人が増えることは素直に嬉しく思う。

「少し話が逸《そ》れましたが……。基本的には風邪の初期症状に使うのですが、この条文を応用して首筋や肩の凝りの解消にも用いられます。『汗無く』とあるので、あまり汗をかかない方を対象にします。他にも風邪の初期段階で下痢をする人にも用いたりと、葛根湯という処方は非常に応用範囲が広いんです。そのため、江戸時代には〈葛根湯医者〉と呼ばれる、どんな症状にもとりあえず葛根湯を処方する藪《やぶ》医者が現れたりもしたそうですよ」

「あはは、それ面白いですねー」

笹井は上機嫌に笑う。かなり端折《はしょ》った説明なので正確ではない部分もあったが、概要だけでも興味を持ってもらえたとしたらそれで十分だ。

塩むすびだけの空洞淵は先に食事を終えるが、すかさず笹井は、

「あ、さっき買った桜餅、よかったら一つどうぞ。漢方のお話を聞かせていただいた

お礼に」

「じゃあ、せっかくなのでご相伴に与《あずか》ります」

食後の甘味がほしいと思っていたところなので、正直ありがたい。

早速差し出された桜餅をいただく。一口目で爽《さわ》やかな桜の香りが鼻に抜ける。適度な塩味と優しい甘さのバランスがいい。

お供のお茶は、ペットボトルの緑茶だったが十分に美味しい。

笹井はそんな空洞淵をニコニコとした笑顔で見つめる。

「私、桜餅が好物なんですよ。だから、売店のおばちゃんに無理を言って仕入れてもらってるんです。ほら、桜餅って春のお菓子ってイメージがあるでしょう？　だからそれ以外の季節ではなかなか手に入らなくて」

確かに、桜餅を見ると空洞淵も春を連想する。

そして春と言えば……〈幽世〉はまさに今頃桜の見頃だろう。みんなで花見をしながら、桜餅を食べるような可能性もあったのかもしれない。

すべては、泡沫《うたかた》の夢と消えてしまったわけだけど……。

〈幽世〉のことを思い出して軽い哀愁を覚えるが、幸いなことに笹井には気づかれなかったようだ。

「私、好きなものは季節関係なくいつだって食べたいタイプなんです。鰻《うなぎ》だって丑《うし》の日を待ちませんし、太巻きが食べたくなったら節分を待ちません。それが自由ってもんでしょう?」

情緒はないが、確かにその選択ができるということは、豊かさの証明でもある。

いつでも好きなものが食べられる。

水道を捻《ひね》れば綺麗《きれい》な水が出て、トイレは清潔で風呂も洗濯も全自動。

家の中で寒さに震えることも、暑さに喘《あえ》ぐこともない。

なるほど、〈幽世〉と比較して、本来空洞淵がいるべきこの世界は、あまりにも便利で豊かだ。

だが、それでも——空洞淵は言いようのない、物足りなさを感じてしまっていた。

何か、自分を構成する大切な要素をなくしてしまったような、そんな焦燥感がずっと消えない。

子どもの頃、乳歯が抜け落ちた跡を、いつまでも舌で探っていたときを思い出す。

当たり前にそこにあったものが、ある日突然なくなってしまうと、人は不安を感じるものだ。

果たしてこの不安感は、いずれ消えていくのか、それともいつまでも残り続けるのか。

今の空洞淵には、何もわからなかった。

「――まあ、そんなわけで、ですね」

いつの間にか弁当を食べ終えていた笹井は、テーブルから身を乗り出して僅《わず》かに声を落とす。

「自由人の私は、もっと空洞淵先生と仲よくなりたいと思ってしまいました。もしよかったら、今度のお休み、二人でどこかへ出掛けませんか？」

急な展開。さすがの空洞淵もたじろぐ。

ひょっとしてこの女性は自分に気があるのだろうか、とも邪推してしまうが、すぐにそれはないな、と否定する。

自由が保障され、今や遠く離れた人とも簡単に出会えるこの時代に、わざわざ空洞淵を選ぶメリットが目の前の女性にあるとも思えない。

だからきっと、単純に空洞淵と仲よくなり漢方の話をもっと色々聞きたいのだろう。

それに……これまでの空洞淵では考えられなかったが、妙な人恋しさもあったので、自然に、構いませんよ、と答える。

笹井は嬉しそうに、やったぁ、と手を合わせた。

「それじゃあ、明日のお昼に日程とか場所とか色々決めましょう！　わくわくしてきました！」

いつの間にか、明日も昼食を共にすることになっていた。何だか、とんとん拍子に色々話が進んでいる気がするが、特に否定する理由もなかったので流れに身を任せる。

昼食を終え、笹井と別れる。

それから一人で漢方診療科へ向かう途中、先ほど言われた言葉を思い出す。

「ふうん……孤高の人って感じですね」

孤高の人――本当にそうなのだろうか。

笹井の評価がどうにもしっくりこなくて、考え込んでしまう。

空洞淵は、物心付いたときから、右眼の視力が極端に弱かった。そしてその欠陥を補うためか、常に高いところから自分を俯瞰《ふかん》する視点があった。

ほとんど絶対的とも言える客観性。

その影響かどうか定かではないが、空洞淵はずっと自我と他我の境界が曖昧《あいまい》だった。集団の中で、個を維持することにどうしようもない苦痛を感じてしまい、そのせいで一人でいることが多くなった。

それが当たり前だと思っていた。自分は異常なのだと思っていた。

だから……孤高なんて大層なものではないのだ。

ただ単純に――それ以外の生き方が選べなかっただけのこと。

孤独であることを、望んでいたわけではないのだ。

でも、そんな生き方も、〈幽世〉へ行って変わってしまった。

上手《うま》く表現できないけれども……あの世界の人々は、皆揃って強固な自我を持っていた。もしかしたら、ただ生きることが〈当たり前〉ではない世界だったからかもしれない。

いつか月詠は言っていた。生きるも死ぬも己次第であると。

〈今〉を懸命に生きることが、強い人格を育《はぐく》むのだろうか。

実際のところはどうなのか、それは誰にもわからないことなのだけれども。

とにかく空洞淵は、〈幽世〉にいる間、自我と他我の境界で悩むことが少なかった。

空洞淵にとって〈幽世〉は……当たり前のように居てもいい、そんな場所だった。

そこで一旦《いったん》足を止め、窓の外の彼方《かなた》へ目を向ける。

空洞淵が〈幽世〉で初めて見た青空もこんな快晴だったことを思い出す。

〈幽世〉ではたくさんの出会いがあったけれども……やはり最も鮮烈だったのは、綺翠との出会いだった。

金槌《かなづち》で頭を殴られたような衝撃を受けたと言っても過言ではない。

綺翠は――空洞淵にとって〈憧れ〉だった。

強い信念と困難に立ち向かう力を持ち、それでいて慈愛に溢《あふ》れて、誰にでも優しく真摯《しんし》で――。

自分には実現できない、完璧《かんぺき》な人格をそなえているように見えた。

畏怖《いふ》にも似た憧《あこが》れの感情で、彼女の姿を追っていた。

しかし、彼女の隣で過ごすうちに、その一見完璧に見える人格が、実は弱い自分を押し隠すために形作られたものであることがわかってきた。

綺翠は、自らの役割のために、完璧を演じていたのだ。

すべては――〈幽世〉という世界の秩序を守るために。

いつの間にか最初に抱いていた憧れの感情は、思慕のそれに変わっていた。

気づいたときにはもう、手遅れなほどに……綺翠に惹《ひ》かれてしまっていたのだ。

だから空洞淵は、超えてはならない一線を超えてしまった。

本来、出会うはずもなかった、生まれた世界すら異なる人と、深い関係性を築いてしまった。

いつか元いた世界に戻され、離れ離れになってしまうかもしれない可能性から目を逸らして――。

軽く目を閉じるだけで、瞼《まぶた》の裏には、今も鮮やかな赤と白の巫女《みこ》装束を纏《まと》った綺翠の姿を思い描くことができる。

もう一度会いたい。

もう一度触れ合いたい。

せめて一言でも――言葉を交わしたい。

しかし、今さら空洞淵にできることなど何もなかった。

すべてはもう、終わったことなのだ。

金糸雀と空洞淵の先祖との間に結ばれていた因果は解消され、〈幽世〉は救われた。

今頃は金糸雀も目覚めて元気にしている頃だろう。

空洞淵という異物が紛れ込む余地はもう、あの世界には残っていない。

これで、よかったのだ。

すべてがあるべき形に収まった。

だからあとは、空洞淵が心の整理を付けるだけ。

空洞淵は何度目ともわからない深いため息を吐いてから、また廊下を歩き出した。

いつになったら整理が付くのだろう、と気持ちを重くしながら、漢方診療科の扉を開く。

「あ、空洞淵くん！　ちょうどいいところへ戻ってきた！」

小宮山が妙に慌《あわ》てた様子で声を掛けてくる。入院患者の容体が急変したのだろうかと思い、気を引き締めて小宮山へ駆け寄る。

「何かありましたか？」

「何かあったどころじゃないよ！」珍しく興奮したように声を弾ませている。「入院の吉澤《よしざわ》さん、わかるかい？」

吉澤というのは、一ヶ月ほどまえから入院している高齢の末期がん患者だ。自覚症状に乏しいがんで、来院時にはすでに全身転移の状態にあった。本人の希望もあり、抗がん剤治療を続けていたが……やはり駄目だったか。

つい先日も空洞淵は、彼女の病室を訪れ、調剤した漢方の煎薬《せんやく》の服薬指導を行った。治療薬ではなく、黄耆建中湯《おうぎけんちゆうとう》という、あくまでも体力を補う薬だったが……彼女は空洞淵の説明を嬉しそうに聞いていた。

そんな吉澤が亡《な》くなったのかと思い、やるせない気持ちになるが、それにしては小宮山の様子は妙だ。彼は興奮した様子で続ける。

「実はさっき病棟から連絡があって……吉澤さんが急に元気になったんだって。それで慌てて検査をしたら……全身転移していたがんが、すべて綺麗に治っていたらしい！　これは奇跡だよ！」

あり得ないものを目《ま》の当たりにした小宮山は、目を輝かせて熱く語る。

対照的に空洞淵は、話を聞いて頭の奥が冷たくなっていく感覚に襲われた。

現実において、常識では考えられないことが起きた。

それはすなわち——怪異だ。

空洞淵はすぐに、うっかり失念していたあまりにもシンプルな結論に至る。

——空洞淵に憑《つ》いていた感染怪異〈幽世の薬師《くすし》〉は、まだ解けていない。

第三章

希望

I 〈幽世《かくりよ》〉

小ぶりな土鍋《どなべ》を載せた盆を持って、御巫綺翠《みかなぎきすい》は母屋《おもや》の廊下を歩いていた。

春先とはいえ、夕方はまだまだ冷え込む。日中は日差しで温められていた床板もすっかり冷たくなっており、踏み出す度に全身に微《かす》かな悪寒《おかん》が走った。

いつだったか空洞淵《うろぶち》が言っていたが、冬には冷えないよう縮こまっていた身体《からだ》が、春になると少しずつ開いていくのだという。そのため、春先のほうがかえって身体を冷やしやすいそうだが……確かに言われてみれば、冬はそれほど気にならなかった廊下の冷たさが、春先には逆に際立《きわだ》つようにも思い、人間の身体の複雑さに感心する。

複雑故《ゆえ》に、人は身体を壊してしまうのだろうけれども——。

目的の部屋に辿《たど》り着いた。廊下に正座をして盆を置いてから、部屋の障子に手を掛ける。

「――穂澄《ほずみ》、開けるわよ」

返事はなかったが、そのまま障子を開き、再び盆を持って中に入る。そこは御巫姉妹の寝室だった。今は事情により、穂澄が一人で使用している。

薄暗い部屋の中で一人、穂澄は布団《ふとん》を被《かぶ》って横になっていた。

「ごはんを持ってきたわ。身体を起こせる？」

優しく声を掛ける。しかし数秒後、おなか空《す》いてない、とだけ返ってきた。

いつも元気いっぱいだった穂澄の、張りのない声を聞いて綺翠は胸が締めつけられる思いに駆られる。

それでも精一杯穏やかに、

「無理してでも食べないと元気になれないわよ。ほら、食べさせてあげるから」

掛け布団の上から、そっと妹の身体に触れる。しばらくして、布団の中で丸くなっていた穂澄がもぞもぞと動き出し、顔を覗《のぞ》かせた。

泣いていたのか、目が真っ赤に充血している。健康的にふっくらとしていた頬は痩《や》せ細り、肌にも潤《うるお》いがない。あまりにも痛ましい姿。綺翠は苦しくて仕方がなかったが、そんなことはおくびにも出さず温かい眼差《まなざ》しを妹へ向ける。

空洞淵が姿を暗《くら》ませたあの日から、穂澄は体調を崩して寝込んでしまっていた。

唯一《ゆいいつ》の薬師《くすし》であった空洞淵がいなくなってしまったので、穂澄がどういう状態なのかは誰にもわからなかったが、金糸雀《カナリヤ》によるとこれまで積み重なってきた心の疲れが一気に出てしまったのだろう、ということだった。

無理もない、と綺翠も思う。この二ヶ月ばかりは、穂澄にとって本当に激動の日々であったのだから……。

まず綺翠が倒れ、次いで金糸雀まで倒れ、金糸雀を救うために綺翠と空洞淵はしばらく神社を空けていたため、穂澄は不安な気持ちを押し隠したまま一人で待っていたのだ。

その上で、実の兄のように慕っていた空洞淵がいなくなってしまった……我慢していた心労が祟《たた》って、体調を崩してしまったとしても不思議はない。

唯一の肉親である妹にここまでの苦労を掛けてしまっていたことを、綺翠は心の底から悔いていた。そうせざるを得ない状況にあったにせよ、穂澄の聞き分けのよさに、甘えてしまっていたためだ。

いくら家事を完璧《かんぺき》にこなせる頼れる妹であっても、まだ十六歳の少女なのだ。本来であれば、余計な負担が掛からないよう、大人が面倒を見てあげなければならない年頃のはずなのに……。

「……お姉ちゃん、ごめんね」

今にも消え入りそうな、掠《かす》れた声で穂澄は言う。綺翠は慌《あわ》てて余計な思考を遮断する。

「謝らないで。穂澄に無理をさせてしまったのは私なんだから」優しく言って、そっと頭を撫《な》でる。「具合が悪いときくらい、お姉ちゃんに甘えてちょうだい」

「お姉ちゃん……」

穂澄の声はどんどん湿り気を帯び、目元は潤《うる》んでいく。やがて感情が決壊したように、穂澄は綺翠の胸に顔を埋めて嗚咽《おえつ》を漏らす。

「ごめんね……。お兄ちゃんがいなくなって、お姉ちゃんのほうが私なんかよりずっとずっとつらいはずなのに……」

「——いいのよ、気にしないで」鼻の奥がツンと痛むが必死に堪《こら》える。「穂澄が私の分まで悲しんでくれているのでしょう？　優しい子……」

震える背中を、優しく摩《さす》ってやる。実際、穂澄が寝込んでしまったために、綺翠は必要以上に空洞淵がいなくなったことを悲しまないでいられた。もし、これまでどおりに穂澄が元気だったのならば、きっと悲しみに明け暮れて寝込んでいたのは自分だったはずだ。

そういう意味でも綺翠は、現実に立ち向かう力をくれた穂澄に感謝していた。

しばらく無言のまま、最愛の妹を抱き締めていた綺翠だったが、本来の目的を思い出して気遣いながら声を掛ける。

「ひとまず、ごはんにしましょう。穂澄ほど料理は得意ではないけど……我慢して食べてね」

顔を上げた穂澄は、ふるふると首を振った。

「――ううん。お姉ちゃんのごはん、好きだよ。優しい味がするから」

「そう？　ありがとう。穂澄はいい子ね」

微笑《ほほえ》み掛けて、頭を撫でてやると、穂澄は甘えるように身を捩《よじ》った。普段はしっかりしていても、まだまだ子どもなのだと思い知らされてまた胸が痛む。

盆の上の土鍋の蓋《ふた》を開ける。軽く出汁《だし》を利《き》かせた卵がゆが湯気を上げる。食欲を誘う出汁の香りが漂ってきた。先ほどまで火に掛けていたのでまだ十分に温かい。

小鉢に取り分け、一口分を匙《さじ》で掬《すく》い、息を吹きかけて適温に冷ます。

「あーん、して」

穂澄の口元まで匙を持って行く。小さく口を開けたところで、口腔《こうくう》に匙を差し込む。

「大丈夫？　熱くない？」

心配になり確認を取ると、穂澄はまたふるふると首を振った。

「……大丈夫。すごく、美味《おい》しいよ」

「よかった。無理しないで、食べられるだけ食べてね」

ゆったりとした動作で、粥《かゆ》を掬って穂澄の口へ運んでいく。

穂澄が小さい頃は、甘えん坊だった妹にこうして何くれとなく世話を焼いたものだが、最近はめっきりそういう機会もなくなっていたので、懐《なつ》かしい気持ちになる。

半分ほど食べたところで、もうおなかいっぱい、と穂澄は呟《つぶや》いた。昨日は全然食べられなかったので、今日は少し調子がいいようだ。

このまま元気になってくれればいいのだが……綺翠には何もわからなかった。

彼女は怪異の専門家ではあっても、病の専門家ではないのだ。

やはり空洞淵がいなければ――。

「――ねえ、穂澄」

妹の身体を横たえ、掛け布団を整えたところで、綺翠は覚悟を決めて告げる。

「空洞淵くんのことは、私に任せて」

「……え？」

「必ず空洞淵くんをここへ連れてきて、あなたを診てもらうから……もう少しだけ待っていて」

強い意志を込めた視線で妹を見つめる。穂澄は、嬉《うれ》しさと寂しさが綯《な》い交《ま》ぜになったような顔で、うん、とだけ答えた。

何かあったら遠慮なく声を掛けてね、と伝えてから、綺翠は盆を持って部屋を出る。いつの間にかすっかり辺りは暗くなっていた。縁側から覗く歪《いびつ》な月を見上げると、いつかの出会いの夜を思い出す。

〈現世《うつしょ》〉からやって来た空洞淵霧瑚《きりこ》と初めて会った運命の夜。

あの日の空には、煌々《こうこう》と光る満月が浮かび上がっていた。

正直なところ、あのときは空洞淵にどこか頼りなさのようなものを覚えてしまったのだけれども……気がついたらすっかり頼り切りになり、いつの間にか彼が側《そば》にいなければまともに息もできない身体になっていた。

「……空洞淵くん」

ため息交じりに恋しいその名を呼び、綺翠は首を振った。

月を眺めていたら——少し感傷的になってしまった。

冷たい夜風に身を震わせて気持ちを切り替え、綺翠は足早に居間へ向かう。

居間の襖《ふすま》を開けると、そこには先客がいた。

「申し訳ありません、綺翠。勝手に上がらせていただきました」

「綺翠様、お茶の用意はできていますので、どうぞこちらへ」

和室を彩《いろど》る黄金色と白金色の少女。

〈金色の賢者〉金糸雀と、〈白銀の愚者〉銀月詠《しろがねつくよみ》が、二人並んでお茶を啜《すす》っていた。

色彩豊かな十二単《じゅうにひとえ》を纏《まと》う金糸雀と、黒一色の優美な異国の服を纏う月詠。

思わず目眩《めまい》がするほど非現実的な光景。特に月詠の存在にはまだ慣れていない。

金糸雀が以前と同じようにすっかり元気になったのは大変嬉しく思うが、それ以降、月詠も〈大鵠庵《だいこくあん》〉で暮らし始めたものだから綺翠は何とも言えない気持ちになってい た。これまでずっと、月詠のことは〈幽世〉に仇《あだ》なす敵であると思っていたのに……。いざ蓋を開けてみたら、すべて金糸雀のためであったとわかって感情のやり場がなくなってしまったのだ。

口をへの字に曲げながらも、綺翠は大人しく座布団に腰を落ち着ける。目の前には湯気を立てた湯飲みが置かれている。そろそろ綺翠がここへ戻ってくることを見越していたのだろう。詳しくは知らないが、月詠にはそのような未来視にも似た能力が備わっているらしい。

いただきます、とお茶を一口飲み、すぐ本題に入る。

「二人揃《そろ》って来たということは、空洞淵くんのことね？　何か進捗《しんちょく》があったの？」

姿勢を正して、金糸雀が答えた。

「正確な現状把握がほぼ完了した、というところでしょうか。本日はその報告に参りました」

現状把握――つまり、今〈幽世〉で起こっていること。

何故《なぜ》空洞淵は姿を消してしまったのか。そして、何故金糸雀や月詠は空洞淵を連れ戻すことができないのか――問題は大きくこの二つだ。

一度月詠に目配せをしてから、金糸雀は続ける。

「まず、主さまが姿を消してしまった理由からお話しします。単刀直入に申し上げると……主さまは現在、去年の夏の〈現世〉にいらっしゃいます」

「去年の夏の……〈現世〉？」

それは予想もしていない言葉だった。〈現世〉に行ってしまったかもしれない、という可能性は事前に聞かされていたが……それが、去年の夏というのはいったいどういうことなのか。

「順を追って説明します」月詠が引き継いだ。「綺翠様に姉《あね》様を祓《はら》っていただくまえにも少しお話ししましたが……霧瑚様が〈現世〉へ戻されてしまったのは、因果律の修復に伴う反動によるものです」

　因果の歪《ひず》みを断ち切る――よくわからないまま、綺翠自身が行ったことだが、それだけが金糸雀を救う手段だったのだ。そのおかげで金糸雀は元気を取り戻し、〈幽世〉もまた救われたのだから後悔はない。金糸雀の額で、すべてを見通していた〈第三の眼〉も、今はもうない。黄金色の髪の下からは、つるんとした白くて可愛《かわい》らしい額が覗いているばかりだ。

「因果律の修復により、世界はあるべき姿を取り戻しました。姉様と〈幽世〉にまつわるすべての因果の捻《ねじ》れが修復された結果……霧瑚様は、〈幽世〉の異物と認識され、強制的に〈現世〉へ戻されてしまったのです」

「……空洞淵くんは元々〈現世〉で生まれた存在なのだから、世界が本来あるべき姿として、彼が〈現世〉へ戻されてしまったという理屈は私も納得できるわ。でも、どうしてそれが〈去年の夏〉なの？」

「霧瑚様と〈幽世〉の直接的な因果が発生したのがその時点だからです。霧瑚様は、この〈幽世〉で七ヶ月以上もの時間を過ごしながら、しかし〈現世〉では、ほんの一時も経過していない状態こそが〈世界の本来あるべき姿〉である、と因果律に認識されてしまいました。その結果として、過去へ送られてしまったのです」

そこまで言って、月詠は申し訳なさそうに目を伏せた。

「……完全に私の責任です。まさか因果律の影響が時間軸にまで及ぶとは予想もしておらず――」

「あなたには、未来が視《み》えているのではないの？」

根本的な疑問。月詠に未来視が可能なのであれば、こうなることが予想できなかったというのは理屈が通らない。しかし、月詠は静かに首を振る。

「私には、〈幽世〉で起きるかもしれないこと、が認識できるだけです」

「起きるかもしれないこと……？」

「ありていに言うならば……〈可能性事象の観測〉ですね。それも〈幽世〉限定の。しかし、それはあくまでも、いくつかの可能性でしかありません。実際には、予期すらしなかったことが起きることもままあります。あまり使い勝手のいいものではないのです。ただ、姉様に関する可能性はかなり精査していたので、概《おおむ》ね認識したとおりになりました。〈神籠村《かみごも》〉の一件なども、そのうちの一つです」

去年の秋に訪れた〈神籠村〉での騒動――。あの騒動にも月詠の影があり、しかも何十年もまえから計画されたものだったようだが……なるほど、そういう事情だったのか、と綺翠は納得する。

「なら、金糸雀が救われることもまた、あなたの想定どおりだったと？」

「いえ、最終段階に関しては本当にただ道筋を作っただけです。実際にどうなるかは……出たとこ勝負でした。もちろん、それほど分の悪い賭《か》けとも思っていませんでしたが……まさかこんなことになるなんて」

また申し訳なさそうに目を伏せる白銀の少女。

「月詠の責任ではありませんよ」金糸雀は妹を気遣うようにそっと肩に触れる。「元を正せば、無理矢理因果を捻じ曲げてこの世界を作り出したわたくしの責任です。月詠はその因果を修復しただけなのですから……何も悪くありません。それよりも、起きてしまったことの対応について話し合うことのほうが重要です」

金糸雀の言うとおりだ。

「それじゃあ二つめの問題は？　どうして、この世界で神に等しい力を持っているあなたたち二人をもってしても、空洞淵くんを連れ戻せないの？」

「それもまた……霧瑚様が過去へ行ってしまったためです」月詠は自責の念を見せながらも真摯《しんし》に答える。「元々、〈幽世〉という世界は、〈現世〉に隣り合う形で作られました。そして綺翠様のおっしゃるとおり、確かに私や姉様は、隣り合う〈現世〉に干渉することができます。しかし……それはあくまでも、〈幽世〉と同一時間軸上の〈現世〉のことなのです」

「……どういうこと?」

理解の及ばない概念が出てきたように思えて、綺翠は眉《まゆ》を顰《ひそ》める。

「世界は絶えず、無数の選択に迫られています」引き継ぐように金糸雀が答えた。「必然として定まるもの、あるいは偶然によって決まるものなど様々な可能性の中から、常にたった一つだけが選択され続けます。今あるこの世界は、そのような無数の選択の末に存在するのです」

世界が無数の選択の末に存在する——考えたこともなかったが、理解はできる。たとえば、食事の内容一つとっても、魚にしようか肉にしようか、というくつかの選択肢の中から一つだけを選ぶことになる。

「そして、世界にはその結果だけが反映される……。つまり無数の選択の度に、世界は無数に分岐していくことになります。〈今〉の自分が選ばなかった選択肢が選ばれた世界が、どこかに別の〈今〉として存在するのです」

食事の例で言うならば、魚を食べた世界と、肉を食べた世界が同時に存在している、ということか。少しずつ理解が及ばなくなってくるが、まだかろうじて付いていける。

「話を戻しまして……〈幽世〉は、〈現世〉に隣り合う形で作られました。ここで言う〈現世〉というのは、かつてわたくしや綺淡《きたん》が暮らしていた世界のことです。二つの世界が分かたれた時点を基準として、両者は常に隣り合っていました。本来、無数の選択肢により、世界は無数に分岐していくものですが……わたくしの能力、正確には守弥《もりや》様からお借りした〈第三の眼〉の力によって、〈幽世〉と〈現世〉は、常に隣り合うように存在していたのです」

「……つまり、お互いの世界がどれだけ分岐しても、〈基準〉として定めたお互いの世界だけは、常に隣り合っていたと？」

「まさしくそのとおりです」満足そうに金糸雀は頷《うなず》く。「元々、お互いの世界は、強固な因果により隣り合って結びついていました。ところが……主さまの存在が、その世界をさらに分岐させてしまったのです」

「空洞淵くんが……？」

それが現状にどのように影響するのか。先が見えずに不安になるが、綺翠は頑張って二人の話を理解しようと試みる。

「基準となる二つの世界では、昨年の夏に主さまが、〈現世〉から〈幽世〉へやって来る、ということが一つの正史になっているのです。つまり、この〈幽世〉と隣り合った〈現世〉の〈今〉には、主さまは存在していないのです」

理解しよう、と頑張るものの一瞬で置いて行かれてしまった。

「……ごめんなさい、ちょっとよくわからないのだけど……空洞淵くんが〈今〉の〈現世〉に存在していないというのは、どういう意味？」

「主さまは、因果律の修復によって、月詠が主さまを〈幽世〉へ連れ込んだ時点へと戻されてしまいました。しかし、事実として主さまは今わたくしたちがいるこの世界で、七ヶ月もの時間を過ごしています。その矛盾を解消するために、〈現世〉は月詠が干渉したあの瞬間を特異点として、二つに分岐してしまったのです」

空洞淵が〈幽世〉へやって来たことで生じた因果の捻れを、空洞淵が来なかったことにして解消した。その結果、基準として隣り合っていた二つの世界とは異なる、第三の世界が生まれてしまったということか。

「……〈幽世〉と隣り合った〈現世〉には、〈今〉も空洞淵くんはおらず、元々この世界にいた空洞淵くんは、全く別の世界へ行ってしまったと、そういうこと？」

「そのとおりです」月詠がまた申し訳なさそうに答えた。「そして、私たちが干渉できるのは隣り合った〈現世〉のみなので……どうあっても、霧瑚様を〈今〉の〈幽世〉へ連れてくることができないのです」

随分とややこしい事情ではあるが……ようやく現状を理解できた。

しかし、どうあっても空洞淵を〈幽世〉へ連れて来られないという事実は少々厳しいものがあった。金糸雀と月詠でさえお手上げの状況ならば、綺翠にはどうすることもできない。

「……本当に、どうしても無理なの？」

縋《すが》るような思いで、綺翠は尋ねる。金糸雀は、やや躊躇《ためら》いを見せながら言いにくそうに答えた。

「一つだけ……方法がないこともありません。主さまと、新たな因果を結ぶことができれば……あるいは」

「新たな因果……？　空洞淵くんが今いる世界とは、もう接点がないのでしょう？　そんなもの、どうやって結ぶの？」

「具体的な方法までは、まだわかりません。しかし、何でも構わないのです。主さまが、今わたくしたちがいるこの〈幽世〉と、わずかでも繫《つな》がりのあるものを手にできれば……因果を結ぶことができます。その因果を辿れば、多少強引にでも二つの世界を一時的に繫げて、主さまをまたこちらの世界へ引き込むことも可能でしょう」

〈幽世〉と繫がりのあるものを手にするといっても……。神社で大切に保管していた、空洞淵が〈現世〉から持って来ていたものは、すべて綺麗《きれい》さっぱりなくなっていた。おそらく因果律の修復により、空洞淵と共に過去へ送られてしまったのだろう。逆に、綺翠が空洞淵に貸していた衣類や日用品などは、すべて初めから使われていなかったように綺翠の元へ戻されていた。彼が〈現世〉に、何かを持っていったとは……考えにくい。

つまり、少なくとも現時点で、空洞淵と今の〈幽世〉を繋げる因果は存在しないことになる。

ならば、どうあっても……空洞淵を連れ戻すことは叶《かな》わない。

実現不可能な希望だけを見せられて気落ちする綺翠。金糸雀が躊躇いを見せていたのも頷ける。だが、実際問題それ以外に手がないのであれば、どうにかして空洞淵との因果を結ぶしかない。

まるで雲を摑《つか》むような話だが、穂澄のためにも急がなければならない。

何よりも――綺翠自身が、一日でも早く空洞淵に会いたくて仕方がないのだから。

「――とにかく、我々も手を尽くします。かなりの無茶をしましたが、姉様だって救えたのです。綺翠様と霧瑚様は、すでに一度、不可能を可能にしているのですから……今回もきっと、何とかなります」

月詠は、根拠のない自信を見せるが、今の綺翠はそれだけでも勇気づけられた。

「ありがとう。私も色々考えてみるから……力を貸してちょうだい」

金糸雀と月詠が尽力してくれるというのだ。

絶対に、空洞淵はまた〈幽世〉に戻ってくると——綺翠は強くそう思った。

2 〈現世〉

末期がん患者、吉澤《よしざわ》の奇跡的回復の一報を聞いた翌日。

空洞淵は生まれて初めて、自主的に有給を取った。

ワーカホリックだった空洞淵にとって、有給とは上からせっつかれて仕方なく消化するものでしかなかったが……今回ばかりは事情が違う。

かつて〈幽世〉で空洞淵に憑《つ》いた感染怪異——〈幽世の薬師〉。

あらゆる病を治す、奇跡の異能。

人の身にはあまりにも過ぎた……神の御業《みわざ》。

これ以上、〈現世〉でこの力を使うわけにはいかないため、空洞淵は医療と一旦《いったん》距離を置くことにした。

何故ならこれは……連綿と続いてきた人類の叡智《えいち》たる〈医療〉そのものを否定する力に他ならないのだから。

以前、〈幽世〉で医療行為を行うことの是非について自問をしたことがある。

本来、空洞淵は〈幽世〉にはいないはずの人間だ。そんな空洞淵が〈幽世〉で医療に携わり人々を救うことは、自然の摂理に逆らうのと同じなのではないか、と。

結局いくら考えてもその答えは見つからず、いつか手痛いしっぺ返しを喰らうのだろう、と身構えていたら……歪んだ因果律を修復するために、〈幽世〉からはじき出されてしまった。

居てはならない存在なのだと、〈幽世〉から拒絶されたのかもしれない。

今の状況が、本当に空洞淵が〈幽世〉で医療行為を続けてきたことに対する罰であるかどうかはわからなかったけれども、少なくとも自然の摂理に逆らうべきでないことは自明だ。

偶然持ち帰ってしまった〈幽世の薬師〉としての力を、この〈現世〉で好き勝手に振るうわけにはいかない――。

そのようなわけで、空洞淵は仕事を休み、朝から国会図書館に詰めていた。

とにかく、やらなければならないことは明らかだ。

何とか手を尽くして〈幽世〉と接触を図り、そして〈破鬼の巫女《みこ》〉である綺翠に、この感染怪異を祓ってもらうしかない。

祓い屋であれば、朱雀院《すざくいん》や釈迦堂《しやかどう》でも構わないのだが……空洞淵はどうしても綺翠に祓ってもらいたかった。

その理由はあまりにも単純。

ただ——綺翠に会いたかっただけだ。

だが、ただ強く願えばそれが叶うほど、この問題は簡単ではない。何しろ、〈異世界〉との接触を図ろうとしているのだ。何から始めればいいのかも、さっぱりわからない。

元々空洞淵は、月詠の力によって強制的に〈幽世〉へ連れ込まれていただけなので、自主的にあちらの世界へ行く方法など知るよしもない。

せめて向こうからヒントになりそうな物品の一つでも持ってこられればよかったのだけれども……今さらそれも叶わない。

空洞淵に残されたのは、〈幽世〉に纏《まつ》わる記憶——つまり情報だけだ。

そのささやかな情報から、〈幽世〉と〈現世〉を繋ぐ方法を模索するしかない。

ある日突然、また目の前に月詠が現れて〈幽世〉へ連れて行ってくれるという可能性もゼロではなかったが、すでに帰還から一週間以上が経過して何もない以上、高望みはしないほうが賢明だろう。もしかしたら、それができない事情が向こうにはあるのかもしれないのだから。

そこでひとまず、〈幽世〉に纏わる地名などをインターネットで検索してみたが、ヒットするのは民間伝承の類《たぐい》ばかりで、空洞淵の望むものはなかなか見つからない。

そもそも〈幽世〉がこの世界から分かたれたのは、三百年も昔なのだ。新しい情報ソースであるインターネットでそう易々《やすやす》と引っ掛かるものでもないだろう。

そこであらゆる資料が眠る国立国会図書館にわずかな望みを懸けてやって来たのだった。

国会図書館を利用するのは初めてで不安もあったが、スタッフの女性が丁寧に利用方法を教えてくれたので助かった。

早速空洞淵は、調べ物を開始する。

まず〈幽世〉と〈現世〉の接点を見つけないことには何も始まらない。

一見すると雲を摑むような話にも思えるが……手掛かりはある。

それが——御巫《みかなぎ》神社と〈伽藍堂《がらんどう》〉だ。

〈伽藍堂〉は、空洞淵家が代々受け継いでいる、薬処《くすりどころ》の屋号である。空洞淵家の家業なのだから当然〈現世〉にのみ存在するものだと思っていたが……何故かそれが〈幽世〉にも存在していた。

どうやら〈幽世〉の〈伽藍堂〉は、〈現世〉から切り離される際、一緒に取り込まれたものであるらしい。それはつまり、当時から薬処〈伽藍堂〉は、〈現世〉に存在していたということにほかならない。

ならば同様に――御巫神社もまた、当時は〈現世〉に存在していたのではないだろうか。

そして神社であれば……何かしらの記録が残されている可能性がある。空洞淵はそこに望みを懸けて、調べを進めている。

かなりの数の資料に目を通す。

食事も摂《と》らずに朝一から調べを進めて……そして閉館間際、ついに江戸時代中期、御巫神社なる神社が確かに存在していたことを知る。

やはり予想どおり、御巫神社は実在していた。だが、肝心の場所がわからない。大まかに武蔵国《むさしのくに》のどこかであることはわかったが……現在でいう東京、神奈川、埼玉近辺というあまりにも広すぎる範囲なので、足で探すというのは非現実的だった。

詳細な資料もなさそうだったので探し方を変える必要はありそうだったが、〈現世〉

と〈幽世〉の接点を見つけられたというのは大きい。情報以外、今の空洞淵に武器はないのだ。〈幽世〉との繋がりを少しでも増やしていくことが、今は目的を果たす近道であると信じるしかない。

感染怪異である〈幽世の薬師〉が祓えない以上、しばらく仕事を休むことになるが……漢方診療科はそれほど忙しくないので、小宮山《こみやま》一人でも問題はないだろう。下手したらこのまま解雇される可能性もあったが……そのときはそのときだ。

展望を明るくしながら、マンションへ帰る。穂澄の料理を恋しく思いながら簡単に食事を済ませて、パソコンで調べ物の続きをする。

確か以前、御巫神社の祭神は龍神《りゅうじん》だ、という話を聞いたことがあった。とりあえず、関東近郊にある龍神を祭っている神社を探してみる。

あまり詳しくは知らなかったが、龍神を祭神とする神社は、日本各地に存在しているらしい。龍神は、水を司《つかさど》る神で、非常に強い力を持っており、かつ気性の激しい側面があるため信仰の対象となりやすいようだ。

関東近郊では、神奈川の九頭龍《くずりゅう》神社や東京の荏原《えばら》神社辺りが、パワースポットとして有名らしい。だが、さすがにそれほどの有名な神社であれば、ネットでも御巫神社に関する何かしらの情報が見つかっていなければ不自然なので、おそらく空洞淵の目的とは無関係だろう。

狙《ねら》い目はやはり、それほど有名ではない、都心から外れた神社だ。できれば古いほうがより多くの伝承などが残されているだろうから望ましいが……果たしてどうしたものか。

空洞淵は検索条件を変えて、試行錯誤を繰り返す。

そんな折、龍神信仰に派生して、八百比丘尼《やおびくに》を信仰する神社もまた、日本各地に存在していることを知った。

そもそも比丘尼というのは、出家した女性を指す言葉ではなかったか。事実、各地の八百比丘尼伝承において、八百比丘尼は大体出家している。出家しているということは当然仏教徒であろうが……そのような存在を神道《しんとう》の〈神〉として奉《たてまつ》るというのは、どういう意味を持つのか。

専門家ではない空洞淵からすれば、不思議な感覚だった。これが神道の大らかさなのだろうか……。

妙な感慨深さを覚えながら、八百比丘尼の信仰について調べていく。

すると東京西部、東雲《しののめ》市にある東雲神社なる神社が、八百比丘尼を祀《まつ》っていることがわかった。東雲市は歴史ある土地だが、近年学術都市として急発展を遂げたニュータウンだ。

空洞淵が求めている条件とも一致する神社――詳しく調べる必要がありそうだ。だが、小さな神社のようでネットには詳細な歴史などの情報が記されていなかった。実地で調べてみるしかなさそうだ。

空洞淵の住む場所から東雲市までは、電車で三十分ほどだろうか。長距離の移動が速やかに完了するところが、〈現世〉最大の利点だ。

早速、明日朝一で現地へ向かおうと心に決めて、空洞淵は早々に眠りに就いた。

3 〈幽世〉

御巫綺翠は、一人、極楽街の南側に位置する森の中を歩いていた。

極楽街は、四方を原生林に近い森によって囲まれているが、この辺りは特に〈魔女の森〉などとも呼ばれ、街の住民から恐れられている。

曰《いわ》く、夜分遅くになると、不気味で奇っ怪な高笑いが響き渡るそうで……そのため街の人々もあまり近づきたがらない。

――が、当代随一の祓い屋と名高い綺翠にとって、大抵の怪異は恐るるに足らず、そもそも彼女は現在、問題の高笑いの主に会いに行くために森の中を歩いているのだから、何も心配するようなことはなかった。

強いて不満を挙げるとするのであれば、当該人物と綺翠は、基本的に馬が合わない上、数ヶ月まえにはかなり大きな殺し合いまで演じているので、正直ばつが悪いということくらいだけれども……すべては、空洞淵を再び〈幽世〉へ連れ戻すためだ。些《さ》細《さい》なことに拘泥《こうでい》して尻込《しりご》みをしている場合ではない。

ちなみに穂澄のことは、槐《えんじゅ》に任せてある。本当は付ききりで看病してやりたかったが、そうも言っていられない。

踏みしめる土はまだわずかに湿り気を帯びたように柔らかい。おそらく冬場には雪が降り積もっていたのだろう。今ではもうすっかり融《と》けて、木々は青々とした葉を茂らせている。周囲を取り巻く愛《いと》おしい春の息吹《いぶき》に、塞《ふさ》いでいた心が少しだけ軽くなる。

やがて木々が僅《わず》かに開けて、〈幽世〉の中では珍しい煉瓦《れんが》造りの洋館が覗いた。

黒御影石《くろみかげいし》の立派な表札には、『カリオストロ錬金術研究所』と記されている。

装飾過多な意匠の施された扉の前に立ち、中央に据え付けられた叩《たた》き鉦《がね》で、家主を呼び出す。

しばしの後、扉が開かれる。

「やあやあこれはこれは珍しいお客人だ！　悪い怪異に襲われて眠っているという話を聞いて気を揉《も》んでいたが、無事なようで何よりだよ。それにしても綺翠嬢、随分とご無沙汰《ぶさた》だったたね。その節は大変お世話になりました。あのときは死ぬほど痛かったけど、実際身体には傷一つ付いていなかったのだから、〈破鬼の巫女〉の力というのは凄《すさ》まじいものだね。ただ、他にきみに祓われたことのある人から聞いた話によるとその人は全く痛くなかったそうで、これはひょっとして私にだけ特別な痛みを与えたのではないかと勘繰ってしまったのだけれども、まさか〈幽世〉の秩序を守る〈破鬼の巫女〉ともあろうお方が、天から授けられた偉大な才能をそのような私情のために使うはずはなかろうと思い直して、自責の念に囚《とら》われていたところだよ。いやはや恥ずかしいばかりだ。ところで今日は一人で何用だろう？　キリコくんならば残念ながら今日は来ていないよ。今日は、というかもう半月以上、顔を見ていないのだけれども。キリコくんとコーヒーを飲みながらのんびり化学の話に花を咲かせることだけが最近の生き甲斐《がい》なので寂しい限りなのだが、近頃彼はそんなに忙しいのかい？　というか、二人が交際を始めたという噂《うわさ》を小耳に挟んだのだが本当なのかい？」

開口一番に早口で捲《まく》し立てるのは、眼鏡を掛けた長身の女性だった。

急な来客に驚いているのか、不思議な色で輝く吊《つ》り目がちな双眸《そうぼう》を大きくして、猫の耳のような癖が付いたボサボサ髪を無造作に掻《か》く。

圧倒され、早くも帰りたくなりつつも、綺翠は鋼鉄の自制心で堪える。

「――ご機嫌よう、アヴィケンナ・カリオストロさん。実は折り入って相談があるのだけれども……今お時間はよろしいかしら？」

「相談！ 相談とな！」アヴィケンナは嬉しそうに表情を明るくする。「私はね、人の役に立つことが大好きなのだ！ まして綺翠嬢からの相談ともあれば、三つ指を突いてでも引き受けたい所存だよ！ ささ、狭苦しいところだが、是非とも上がっていってくれたまえ！」

錬金術師は、白衣を翻《ひるがえ》して家の中へ戻っていく。土足のまま家へ入ることには抵抗があったが、綺翠はその後に続いて行く。

ゴチャゴチャとした小物の多い居間に通される。慣れない足高の机と椅子《いす》に着き、緊張を取り払おうとしていたところで、

「生憎《あいにく》と緑茶の用意はなくてね。さりとて自慢のコーヒーは、この街の住人には不評のようなので、とりあえず紅茶でいいかな？」

「ありがとう。でもお気遣いなく」

紅茶ならば何度も飲んだことがある。コーヒーは、以前ここに来たことのある穂澄

から、「泥水だった」という評を聞いているのでわざわざ挑戦する勇気が持てなかった。空洞淵は好んでいるようなので、いずれは挑戦したいとも思っているのだけれども……。飲食に関して、綺翠は割と保守的だった。

褐色の液体の満たされた、取っ手の付いた茶碗《ちゃわん》を目の前に置かれたところで、持っていた巾着袋《きんちゃくぶくろ》から土産を取り出す。

「あの、お口に合うかわからないけれども、よかったら召し上がって」

薄紅色の和紙に包まれたそれを、アヴィケンナに差し出す。

「おや、気を遣わせてしまって申し訳ないね」

ありがたそうに両手で受け取り、アヴィケンナは包みを開く。

「桜餅《さくらもち》か！　雅《みやび》だねえ！　大好物さ！　早速いただこうか。お持たせで申し訳ないが、よかったら綺翠嬢も召し上がれ！」

喜色を露《あら》わにしてアヴィケンナは言った。異国生まれであると聞き及んでいたので、〈幽世〉の菓子を好んでくれるか不安だったが、どうやら杞憂《きゆう》だったらしい。

せっかくなのでご相伴に与《あずか》ることにする。

桜餅と、緑茶よりもずっと熱い芳醇《ほうじゅん》な紅茶は意外なほどよく合った。なるほど、甘味に合わせるお茶は緑茶やほうじ茶だけではないのか、という新たな発見をする。

しばし双方無言でお茶と茶菓子に舌鼓《したつづみ》を打つが、すぐにその時間も終わり、紅茶のお代わりを改めて注いでから、アヴィケンナはさて、と濃い隈《くま》の浮かぶ顔を綺翠へ向ける。

「綺翠嬢がわざわざこのような街外れへ、しかも単身でやって来たということは、なかなかにゆゆしき事態が起きているのだろう。そして綺翠嬢がキリコくんを伴っておらず、最近彼の顔を見かけないところから鑑《かんが》みて、それはキリコくん関係の何かなのではないかと想像するが、如何《いかが》だろうか？」

まさに立て板に水というように、のべつ幕なしでよく喋《しゃべ》るアヴィケンナ。綺翠は呆《あき》れながらも、話が早くて助かると思い早速本題に入る。

「……実は、その空洞淵くんがいなくなってしまったの」

それから綺翠は、空洞淵が〈現世〉へ行ってしまった経緯を簡単に説明する。〈幽世〉の成り立ちという門外不出の秘密についてはぼかしつつ、状況が正確に伝わる程度には情報を開示していく。

アヴィケンナは、黙って綺翠の話を聞いていた。途中で、煙草《たばこ》を咥《くわ》えたが、綺翠の前だということで遠慮したのか、火は点《つ》けずに唇の端で律動的に揺らす。

「――ふむ」

綺翠の説明が一段落したところで、アヴィケンナは低い声で感嘆を漏らす。

「そのような大変な状況にあったとはつゆ知らず、ただ安寧とした日々を過ごしてきた己《おの》が身を恥じるばかりだが……。しかし、それはそれとして綺翠嬢。きみはここへ何を求めてきたのだ？　生憎と因果律云々《うんぬん》というオカルトは私の専門ではないのだが」

「……私がここへ来た理由はたった一つよ」綺翠は真《ま》っ直《す》ぐにアヴィケンナを見つめて告げる。「あなたが〈現世〉から〈幽世〉へ来たときのことを、詳しく教えてほしいの。もしかしたらそこに、空洞淵くんを〈幽世〉へ連れ戻す手掛かりが残されているかもしれないから」

——隣り合った異世界である〈現世〉と〈幽世〉。隣り合っているがゆえに、何らかの拍子に、モノや人が互いの世界を行き来することがある。

特に〈現世〉から〈幽世〉へ来た人は、〈現世人〉と呼ばれて重宝される。〈現世〉の知識や技術を利用することで、〈幽世〉に発展をもたらす可能性があるためだ。

アヴィケンナも、そんな〈現世人〉の一人だった。

「あなたは、月詠によって無理矢理〈幽世〉へ連れて来られたわけではないのでしょう？　いったいどうやって、〈幽世〉へやって来たの？」

「なるほど、そう来たか……」

得心いったというふうに呟いてから、アヴィケンナはおもむろに椅子から立ち上がって窓際《まどぎわ》まで歩み寄る。

「吸ってもいいかな？」

「ええ、どうぞ」

そもそもここはアヴィケンナの家だ。彼女が遠慮をする必要などどこにもない。

それでも錬金術師は、窓を開けて風向きを確認してから咥えていた煙草に火を点けた。そのまま窓枠に腰を預ける形で室内へ振り返る。

「私がこの世界に迷い込んだのは、今から十年ほどまえになるがね……。残念ながら本当に偶然の出来事で、きみの役に立てそうなことは何も知らないのだ。それに、ここへ来てしばらくは、どうやったら元の世界へ帰れるかと色々試行錯誤したものだが……結論から言うと、私のようなただの人間には、世界を乗り越えるなどという大それたことは不可能であることがわかっただけだったよ」

己の無力を嘆くように、重たい紫煙を吐き出す。

「偶然迷い込んだというのは、具体的にはどのように？　街を歩いていたはずなのに、いつの間にか〈極楽街〉にいたとか？」

「いや、私がいたのは……そう、森だったよ」過去を懐かしんでいるのか、アヴィケンナは眼鏡の奥の目を細めた。「あれは、大学の夏休みだった。今でも克明に覚えている。私は、所謂《いわゆる》天才児というやつでね。同じ歳《とし》の子がジュニアハイスクールで楽しく勉強を始める頃には、大学で研究に没頭する日々だったよ。専門は化学で、その深淵《しんえん》を覗《のぞ》き込む日々は最高にエキサイティングだった。いずれは世界のすべてを理解するのだと、信じて疑わなかった。十五で大学を卒業し、そのまま大学で研究員を続けていたのだが……二十歳を目前にして、そんな思い上がりは、ただの夢物語にすぎないのだと、察してしまった」

綺翠には理解できない言葉や概念が多分に含まれていたが、感覚的に理解して黙って耳を傾ける。情感たっぷりに語るアヴィケンナに、僅かに見とれてしまっていた。

「世界を知れば知るほど……、この世界は、あまりにも厳密な規則に支配されているのだと思い知らされた。私の望みは……永遠に叶わないのだ、と」

「あなたの望みは……何？」

不思議な色で光を反射する瞳《ひとみ》があまりにも悲しげに揺れるものだから、綺翠は思わず尋ねてしまった。

錬金術師は、寂しそうに微笑して答えた。

「──妹をね、蘇《よみがえ》らせたかったのだ」

その言葉に、綺翠の心臓は一度大きく跳ねた。

アヴィケンナは、綺翠を見つめながら穏やかに続ける。

「私には、年の離れた妹がいた。愛らしく、優しく、聡明《そうめい》で……そう、まさにホズミくんのような、自慢の妹だったよ。ただ、ホズミくんと違うのは……妹は、生まれつき身体《からだ》が弱くてね。五歳の誕生日をまえにして……亡《な》くなってしまった」

「──────」

綺翠は小さく息を吞《の》む。まさかいつも騒々しいアヴィケンナにそのような過去があったなんて想像もしていなかった。それと同時に、もし穂澄が同じように死んでしまったら、と思っただけで胸を引き裂かれるような痛みに襲われる。

「私はね、そんな理不尽な世界が許せなくて、錬金術を志した。〈賢者の石〉さえあれば、妹を蘇らせることだってできるのにと、子どもながらに本気で願ったのだ。でも……化学の研究を続けてわかったことは、どうあっても死者は蘇らないという、当たり前の事実だった。〈賢者の石〉なんてモノは……人間の希望が生み出しただけの、ただの妄想さ」

失望と共に吐いた紫煙は、風に乗って森へ散っていく。

「そんな当たり前のことにようやく気づいたとき、私は何もかもが嫌になって旅に出た。目的地があったわけじゃない。ただ、現実から逃げ出したかっただけさ。ハイウェイをひたすら走り続けた。走った先に、何かの希望があると信じて……。気がつくと私は、見知らぬ森に辿《たど》り着いていた。地図にも載っていないような森だ。普段の冷静な判断力を持っている私だったら、絶対に近づこうとすらしない不気味なところだったが……何故か、森に呼ばれているような気がした。そして私は、車から降りると吸い寄せられるように森の中へ足を踏み入れていった――」

「……その森が、〈幽世〉と繋がっていたの？」

慎重に尋ねる。アヴィケンナは曖昧《あいまい》に頷いた。

「繋がっていた、という表現が真に正しいかわからないけどね……。森を歩いていたら、段々と濃い霧が立ち込め始めた。慌《あわ》てて来た道を引き返したのだが、いつまで経《た》っても森を出られない。迷わないよう、道すがら目印を付けてきたのに……結局私は迷ってしまった。いつしか、森は夜に包まれていた。途方に暮れながらも、このままジッとしていても死を待つばかりだと思い、私は歩き続けた。その果てに私は……〈極楽街〉へ辿り着いた」

思えば〈現世人〉から、〈幽世〉へ来たときの話を聞いたのは初めてのことだった。

彼ら、彼女らが、どのようにして世界を渡ってきたのか気にはなっていたけれども……本当に偶然迷い込んだ、以外に表現のしようがない渡り方で、空洞淵の問題を解決する糸口には繋がりそうもなかった。

当てが外れた、と内心で気落ちする綺翠だったが、吸い終えた煙草を灰皿に押しつけたアヴィケンナは、どこか遠い目をしながら続ける。

「——もしも、〈現世〉から〈幽世〉へやって来る方法があるのだとしたら、それは〈願い〉なのかもしれない」

「……願い？」

「〈世界を脱したい〉という強い願いが、世界間の移動を可能にするのではないか、という仮説さ」

窓を閉め、椅子へ座り直してから、アヴィケンナは穏やかに語る。

「〈幽世〉という世界は、人々の認知が現実を書き換えることがあるね？　これは言い換えれば、〈人々の願いが叶う〉ということにならないかな」

「——」

考えたこともなかった。だが、人々の認知によって世界の在り方が変化するということは、その意思、願望を反映していると考えても大きな矛盾はないように思える。

「私の場合は、〈現世〉の在り方に絶望していた。そして、現実から目を逸《そ》らすように、子どもの頃に夢見た〈賢者の石〉を無意識に求めた。これはつまり、〈賢者の石〉を許容する別の世界を望んだことに他ならない。そして、僅かに位相がずれただけの隣り合った世界には、たまたま人々の願いを叶える機構が存在した。だから、私の願いを叶えるように、〈幽世〉が私をこの世界へ引き込んだのだと考えても、それほど不思議はない」

　アヴィケンナはすっかり冷えてしまった紅茶を、しかし美味《おい》しそうに啜る。

「一般に、〈幽世〉に於《お》ける現実改変は、認知の広さ、つまりどれだけ多くの人がその認知を持っているか、ということに依存していると思われているが……私は、厳密には違うと考えている。何故ならばその場合、強烈な自己認識から自己改変に至る例が説明できないためだ」

　強烈な自己認識――。〈幽世〉には、僧などが激しい修行の末に、新たな境地に至り自己を改変することがある、という例外的な規則が存在する。

　あくまでも従来の規則――、つまり多くの人に認知される、という条件から外れた例外であると考え、これまでは綺翠は気にも止めていなかった。

「私はこの世界に於ける現実改変は、認知の広さではなく、認知の強度に依存するのではないか、と考えている。多くの人が認知すれば、それだけ認知の強度は上がるし、逆にその認知が人口に膾炙《かいしゃ》していなかったとしても、誰か一人が強く認知を持っていれば、それだけでも現実改変が起こりうる——。もっとも、後者の場合、現実を改変するほどの認知を一人で持つなんて到底真っ当な人間の仕業ではないので、これまでどおりやはり例外的なことにすぎないのだけどね」

現実を書き換えるほどではないにせよ、〈現世〉での絶望からくる逃避などの強い認知は、〈幽世〉へ迷い込む呼び水になり得る——。それは十分に納得の行く理屈であるように思われた。

「——つまり、空洞淵くんが〈幽世〉へ戻りたいと強く願えば、それは叶う可能性があるということ？」

「あくまでも可能性の話だけどね」アヴィケンナは肩を竦《すく》めた。「だが、問題は他にもある。現在、キリコくんは、僅かに位相がずれた隣にある〈現世〉ではなく、エヴェレットの多世界解釈的に分岐した別の〈現世〉にいるのだろう？　彼が〈幽世〉を望む必要があることはほぼ間違いないだろうが、それだけでは彼をこの時空まで連れ戻すには不十分だと思うよ」

確かに、アヴィケンナが〈幽世〉に来たときよりも問題は複雑化しているので、そんな単純には行かないだろうけれども……空洞淵と再会するための光明が見えたことに違いはない。

「なら、もし今の〈幽世〉と、空洞淵くんのいる〈現世〉を直接繋ぐような、何か新しい因果が生まれたとしたら、どうかしら？」

綺翠の閃《ひらめ》き。アヴィケンナは一瞬眉を顰めてから、顎《あご》に指を添えて考え込む。

「……そうだね。そもそも、因果律の歪みを修正するために、キリコくんを過去の〈現世〉へ送り飛ばすくらいだから……。新たに強い因果が結ばれたとすれば、離れた二つの世界の関連が強まり、双方を行き来しやすくなる可能性は高い。因果というものは、それほど強い繋がりなのだと思う。しかし……どうやって新たにそのような強い因果を結ぶ？　何か妙案でもあるのかい？」

「いえ、残念ながらまだ何も」

状況としては、アヴィケンナに会うまえと何も変わっていないが、それでも綺翠は先ほどまでよりも明らかに上機嫌に答える。

「僅かでも希望が見えたなら、私は全力でその道を進むだけだわ。それに、空洞淵くんも〈幽世〉へ戻るために、今頃は必死で動いてくれているはず。私と空洞淵くんが一所懸命に頑張って、乗り越えられなかった障害なんてこれまで一つだってなかったのだから……今回だって、きっと何とかなる」

綺翠は、強い確信を持つ。アヴィケンナは不審な目を向けてきた。

「――何故《なぜ》そこまで、キリコくんが〈幽世〉へ戻りたがっていると確信できる？　きみは知らないだろうが、〈現世〉というのは基本的に素晴らしい世界だ。安全で清潔で便利で……何より豊かだ。元々〈現世〉で生まれ育ったキリコくんは、〈幽世〉へ来てすぐの頃はとても過ごしにくそうにしていただろう？　ならば――偶然とはいえ生まれ故郷に戻ったキリコくんが、早々に〈幽世〉のことを忘れて、あちらに永住することを決めるとは……考えないのかい？」

アヴィケンナの言っていることはよくわかる。

常識的に考えれば、彼女のほうが正しく、綺翠の願望はほとんど妄想に近い言い掛かりだ。

それでも、誰よりも近くで空洞淵霧瑚という男に寄り添ってきた綺翠にだけはわかる。

一見すると空洞淵は常に冷静で、ともすれば冷たく思われてしまうこともあるのだけれども……その実《あつ》、とても熱い想《おも》いを胸に秘めている。

義理堅く、情に篤く、愛が深い。

彼は本気で、心の底から――自分を愛してくれていた。

ならば、利便性など捨て置き、御巫綺翠の存在する世界だけを求めるに違いない。

とどのつまり、それは――。

「――空洞淵くんは、私のことが大好きだから、私を一人にはしておかないわ。……絶対に」

アヴィケンナは、何を言われたのかわからない様子で口を開けていたが、すぐに嫌らしく口元を歪《ゆが》めて笑った。

「……なるほど、理屈ではないのだね、きみたちの関係は。まったく、羨《うらや》ましい限りだよ。妬《や》けてしまうねえ」

それから錬金術師は、何かを決めたように不敵な表情を浮かべる。

「では、キリコくんのことはきみに任せよう。ただ、私は私で彼のために何かできることはないか勝手に検討させてもらう。私だって、彼がいないと寂しいのだ。私にできることは全力で努めることをここに誓おう」

「ええ、大変心強いわ。よろしくね、カリオストロさん」

二人は固い握手を交わす。

特別反目し合っていたわけではないが、お互い過去の騒動を水に流すいい機会だった。

思えば、この握手の切っ掛けも空洞淵であるし、そもそも過去の騒動だって色々こじれたのは空洞淵が関わったためだ。

もしかしたらこの世界のあれこれは、すべて空洞淵を中心に回っているのかもしれない、などと突拍子もないことを思った。

4 〈現世〉

国会図書館へ行ったその翌日。

空洞淵は朝から電車を乗り継いで、西東京に位置する東雲市までやって来ていた。

東雲市は、人口約五十万人を超える都内有数の大都市だ。三校の大学キャンパスと六校の高校、高専、専門学校が計十校、さらに百以上の研究機関を抱える巨大な学園都市でもある。〈東雲学園都市〉という呼称もあるが、行政上は東雲市になる。

ちなみに江東区にも同じ名の町が存在するがお互いに関係はなく、東雲市はこの辺り一帯を仕切っていた大地主が、戦後の復興のために教育機関、研究機関を多く誘致したのがその起源と言われている——昨日ネットで調べて知ったことはそれくらいだ。

これまで名前くらいは知っていたが、実際にこうして訪れるのは初めてのことで、色々と新鮮だった。都心から外れているため、まず町並みに木々が多い。近年の開発の影響か、電柱一本立っておらず道も綺麗なため、広々として見える。

学生が多いということもあって、家賃も相場より大分低めに設定されているそうだ。このような場所に高校や大学があったら、学生時代もっと楽しかったかもしれない、などと詮《せん》ないことを考える。

目的の東雲神社は、街の中心部に位置するらしい。駅からは距離があるようなのでタクシーでも呼ぼうかとも思ったが、せっかくなので歩いて向かうことにする。〈幽世〉で鍛えた健脚を使うときが来たようだ。元気よく歩みを進める中、肉体的には驚くほど健康なのに、二日も連続で仕事を休んでいることに酷《ひど》い罪悪感を覚える。

ちなみに朝一で小宮山に再び休みの連絡を入れたら、さすがに驚かれてしまった。二日も連続で休みを取ったことなどこれまで一度もなかったためだ。

タチの悪い流行性感冒に罹《かか》ったことにして、しばらく休む旨《むね》を伝える。小宮山は疑った様子もなく、お大事にね、と言って電話を切った。恩師に嘘《うそ》をついてしまったことが、また罪悪感を生む。早く何とかしなければ、という思いが強くなった。

足早に目的地へ向かう。本日も日差しが強く猛暑日になるとのことだったが、〈幽世〉での生活で慣れたのか、それほど暑くも感じない。

自然が豊かな影響か、都心部よりもセミの鳴き声が激しい気がする。

少しだけ懐《なつ》かしい思いに駆られながら、涼やかな風を噛《か》みしめて歩いて行く。

三十分ほど歩みを進めると、白い石段が目に入った。既視感に心臓が一度大きく拍動する。だが、実際に近づいてみると思っていたほど長くはなくて少し落胆した。

ただ石段の上に緋色《ひいろ》の鳥居が覗く様子は、確かに空洞淵のよく知る御巫神社を彷彿《ほうふつ》とさせた。

期待に胸を高鳴らせて、石段を上り鳥居を潜《くぐ》る。境内は、御巫神社ほど広くない。申し訳程度の小さな手水場《ちょうずば》があり、少し歩くとすぐ拝殿だ。そのさらに奥にあるのが本殿だろうか。

ひとまず通常の手順で参拝を済ませてから、境内を散歩する。境内もやはり何となく面影が残っているような気はするが、大抵の神社はこのような感じだろうと言われたらそのとおりで、御巫神社との明確な関係性を見出《みいだ》すことはできなかった。

拝殿の近くに建てられていた古めかしい看板に、神社の歴史が簡潔に記されていた。要約すると以下のような感じだ。

その昔、この辺りには人心を惑わす悪い妖怪《ようかい》がいた。八百比丘尼と呼ばれる、人魚の肉を食べて不老不死になった妖怪だ。

ある日、巫女は、八百比丘尼を退治しようとしたが、怒った八百比丘尼は、巫女の許嫁《いいなずけ》の青年を襲い、さらに神社を破壊して巫女をそのまま連れ去ってしまった。

襲われた青年は後に、連れ去られた許嫁を悼《いた》み、神社の再建に尽力した。

そして、このような悲劇が二度と起こらないようにと願いを込めて、八百比丘尼を祀ることにした――。


多少作為的な解釈がなされているものの、概《おおむ》ね月詠から聞いていた〈幽世〉創世の話と一致している。

やはり――ここにはかつて、御巫神社があったのではないか？

ようやく空洞淵は、〈現世〉と〈幽世〉を繋ぐ明確な接点を見つけた。

嬉《うれ》しさのあまり思わず笑みを零《こぼ》していると――。

「随分と熱心ですね」

急に背後から声を掛けられる。

驚いて振り返ると、白の小袖に紫色の袴《はかま》を身に着けた中年男性が朗らかな笑みを湛《たた》えて立っていた。

「すみません、驚かせるつもりはなかったのですが」男性は申し訳なさそうに頭を掻く。「なにぶん、ご覧のとおり流行《はや》っていない神社なもので……熱心に参拝される方が珍しくて」

格好からして、この神社の関係者だろう。空洞淵は姿勢を正して尋ねる。

「宮司様でいらっしゃいますか？」

「おお、まさしく」嬉しそうに男性は頷《うなず》く。「私は東雲神社宮司の舞春《まいばる》と申します」

丁寧に頭を下げられる。空洞淵も慌てて応じる。

「僕は空洞淵と言います。突然お邪魔してすみません。この神社にとても……興味がありまして」

自分の状況をどのように説明してよいものか迷い、結局言葉を濁す。それでも宮司の舞春は来訪を喜ぶ。

「お邪魔だなんてとんでもない。是非、色々見ていってください。――あれ？　今、ウロブチさんとおっしゃいました？」途端、舞春の顔は険しくなる。「失礼ですが、どのような漢字を書かれるのでしょう？」

何が気に掛かったのかはわからなかったが、空洞淵はすぐに答える。

「空に洞窟《どうくつ》の洞、千鳥ヶ淵の淵で空洞淵です。わかりにくい苗字《みょうじ》ですよね」

「いえ、そのようなことは……」

舞春は何かを考え込む。しばしの沈黙の後、空洞淵の目をじっと見つめて尋ねた。

「その、変なことを伺いますが……ひょっとして、空洞淵守弥様の御子孫の方でいらっしゃいますか……？」

意外な言葉に空洞淵は目を丸くする。だが、守弥が御巫神社の再建に尽力したのだとすれば、その名が今の東雲神社まで語り継がれていたとしても不思議はない。

どうしたものかと迷うが、空洞淵は直感に従うことに決めた。

「……はい。詳しい話は知らないのですが……確かに僕は、守弥という方の子孫なのだと聞いています」

宮司は驚いたように息を呑んだあと、

「──なんと、そのようなことが本当に……！」

感極まった様子で、口元に手を当てて声を震わせた。

何がそこまで感情を揺さぶっているのかわからない空洞淵は、困惑して舞春の様子を窺《うかが》う。

すぐに舞春は、失礼しました、と居住まいを正し、改めて空洞淵を見やる。

「……お時間がございましたら、少々お付き合いいただいてもよろしいでしょうか」

東雲神社について調べに来たのだ。空洞淵は、もちろん、と答えて神官装束の男の背中を追った。


本殿の裏手に回る。そこには、本殿よりも一回り小ぶりな古めかしい木造の建物が建っていた。扉は頑丈な鋼鉄製だ。所々に錆《さび》が付き、年季が入っている。

「こちらは、神社の宝物殿になります。と言っても、高価なものなど何も収められていないのですが……」

懐《ふところ》から取り出した鍵《かぎ》を鍵穴に差し込む。ギギギ、という錆びた金属が軋《きし》む重たい音を響かせて扉は開いていく。

猛暑日であるにもかかわらず、扉の隙間《すきま》から漏れ出る中の空気はひんやりとしている。カビの匂《にお》いが強いが、不思議とイヤな臭《にお》いではなかった。

空洞淵は、誘われるままに中へ入る。電灯などは設置されていないようで、入口から差し込む太陽光だけを頼りに進んでいく。幸いにして中はそれほど広くもないため、多少心許《こころもと》ないが光量は十分だった。

すぐ最奥《さいおう》に突き当たり、舞春は足を止めた。そこには木製の棚が組まれており、様々な大きさの木箱がいくつも収められていた。おそらく祭具の類なのだろう。舞春はその中から小さな木箱を選び取って振り返った。

「――ここでは積もる話もできませんので、よろしければ社務所のほうまでいらしてください」

空洞淵としても断る理由は見当たらない。再び歩き出す舞春について行く。

拝殿からやや離れたところに、社務所はぽつんと建っていた。拝殿同様、やはりお世辞にも立派とは言えない佇まいだったが、これよりもさらに酷い状態の〈伽藍堂〉に半年以上も通い詰めていた空洞淵にとっては、むしろ懐かしさすら感じる好ましい状態であった。通された部屋が畳敷きの和室であることも、逸《はや》る心を落ち着かせる要因になっている。

少々お待ちください、とその場を辞した舞春が、湯気の上る湯飲みを盆に載せて戻ってくる。外は暑かったが、社務所の中はエアコンが効いていて涼しかったので、熱いお茶は素直にありがたい。

小さな卓袱台《ちゃぶだい》を挟んで、向かい側に舞春は座る。いよいよ本題に入るらしい。

熱いお茶で舌を湿らせてから、舞春は訥々《とつとつ》と語る。

「突然このような場所まで連れ込んでしまって、驚いておられることでしょう。なにぶん私も初めてのことでして勝手がわからず……ご無礼をお許しください」

「いえ、こちらこそお忙しい中お時間をいただいてしまって恐縮しています」

空洞淵は謝辞を述べてから、最も知りたかったことを単刀直入に聞く。

「……故あって僕は今、御巫神社という神社を探しているんです。もしかしたら名前が変わってしまっているのかもしれないと思い、色々調べていたらこちらの東雲神社に辿り着きました。外観こそ異なりますが、こちらの神社の来歴は、まさに僕の求める御巫神社に通じるものがあります。こちらの神社は、かつて御巫神社という名前ではありませんでしたか？」

宮司の男は、驚いたように空洞淵を見て、まさしく、と重々しく頷いた。

「おっしゃるとおり、当神社はかつて御巫神社という名前でした」

それから舞春は、少し言葉を詰まらせてから続ける。

「……実は神職という神に仕える立場にありながら、私はこれまで、代々我が家に語り継がれてきた伝承に疑いの目を向けて参りました」

「そうなのですか……。ちなみにどのような伝承だったのでしょう？」

空洞淵の質問に、舞春は過去を懐かしむように目を細めて答える。

「――いつか必ず、守弥様の子孫の方がいらっしゃると。そのように小さい頃から、何度も語り聞かされてきて……。正直に申し上げると、実際に現れるはずがないと思っていました。未来のことなんて誰にもわからないのに、何故そのような非論理的な伝承が残されているのか、不思議で仕方がありませんでした。……神職の人間が、非論理的などと、笑ってしまうでしょう？　実は私、子どもの頃は科学者になりたかったのです。絵本の代わりに科学図鑑を買ってもらってから、すっかり科学の世界に魅了されてしまって」

「それは似たような経験があります」空洞淵は笑みを零す。「僕も小さい頃に図鑑を買ってもらって、それ以来科学の虜《とりこ》ですよ。家業が薬師《くすし》だったものですから、化学の道に進むことになりましたが……本当は、宇宙飛行士になりたいと思っていました」

「素敵な夢です。私の場合は、結局家業の神社を継ぐことになりました。父に、理系への進学を反対されまして……。ですから、伝承に懐疑の目を向けていたのも、その反動があったのかもしれませんね」

舞春は朗らかに笑った。

「しかし、まさか本当にこのような日がやって来るなんて……。私が夢を諦《あきら》めて宮司になったのは、この日のためだったのかもしれませんね。いえ、もちろん空洞淵さんに諸々《もろもろ》の責任を押しつけるつもりはありません。今はもう、私は自分の人生に満足しています。結婚をして、子宝にも恵まれて……。まあ、若い頃はやんちゃをしてたくさんの方に迷惑を掛けてしまうようなこともありましたが……それでも私は自分の人生に誇りを持っています」

それから舞春は空洞淵に真剣な表情を向ける。

「ですから、空洞淵さん。東雲神社の代表として……いえ、御巫神社の現後継者として、申し上げます。——ようこそ、いらっしゃいました」

万感の思いを込めるように、宮司は告げて深々と頭を下げる。

三百年にも及ぶ、時間の重み。空洞淵は、どのようにして受け取ればよいのかわからない。

「頭を上げてください」空洞淵は思考を整理しながら喋る。「僕には、わからないことがたくさんあります。よろしければ、お話を聞かせていただいてもよろしいでしょうか」

「もちろんです」舞春は顔を上げた。

「私に答えられることであれば、何でもお答えします」

〈幽世〉に繋《つな》がるための重要な機会だ。これを逃す手はない。

「まずはあなたのことを教えてください。あなたは……舞春家の方は、僕の祖先と何らかの血の繋がりがあるのでしょうか？」

もしかしたら、空洞淵とこの目の前の宮司は遠い親戚《しんせき》なのかもしれない。だが、舞春は首を振った。

「いえ、舞春家は御巫家に連なる者です。八百比丘尼によって連れ去られた御巫神社の巫女は綺淡様とおっしゃるのですが、綺淡様には年の離れた兄君、綺柳《きりゅう》様がいらっしゃいました。綺淡様亡き後、綺柳様がこの再建された御巫神社を守ってきたのです。……しかしながら、三百年の歴史の中で色々とあったようで……。結果として御巫の血は途絶え、代わりに分家筋であった舞春家が御巫神社を受けつぐことになったのです。ただ、戦後のいざこざを回避するために、歴史ある御巫神社の名を捨て、東雲神社を名乗ることとなってしまったのは、当家の不徳の致すところでして……」

申し訳なさそうに頭を垂れる舞春。空洞淵は慌てて止める。

「名前など些末《さまつ》な事です。ただこの神社を今の時代まで繋げてくださったこと……僕はその事実に、止めどない感謝を抱いています。本当に、本当にありがとうございます」

そもそも東雲神社が残っていなければ、空洞淵がこの地へ辿り着くこともなかったわけで。この三百年間、様々な苦渋の決断があったのだろうが、それでも御巫神社自体を存続させることに尽力してくれたことには、感謝しかない。

舞春は涙ぐみながらも、そう言っていただけると救われます、と呟《つぶや》いた。

「……話を戻しましょうか。八百比丘尼が暴れたことで御巫神社は跡形もなく崩壊し、その跡地には大穴が空いていたと、伝承にはそう残されています。まあ、八百比丘尼なんて妖怪が実際にいたとは思えませんが、先にお伝えしたとおり、そのとき綺淡様が行方不明になり、神社が倒壊したのは事実のようです」

本当は、神社ごと〈幽世〉に転移していたのだけれども、この世界ではそういうことになっているようだ。月詠の話によれば、金糸雀は守弥を守るために恐ろしい妖怪を演じたそうなので、彼女の決意を無駄にしないためにも、守弥自身、真実を語らなかったのだろう。

「その後、御巫神社の再建に尽力された守弥様でしたが……神社の関係者に次のような言葉を残されたそうです。『いつか私の子孫が訪ねてきたら、これを授けてほしい』、と」

そう言って舞春は、先ほど宝物殿から持ち出した木箱をテーブルの上に置いた。十センチ四方程度の直方体だった。三百年という長き時間の流れを示すように表面はかなり薄汚れて摩耗している。

舞春は、薄い手袋を嵌《は》めてから、そっと蓋《ふた》を開ける。中には白い布が詰め込まれていた。布を取り出し、折り畳まれたそれを丁寧に開いていく。中に収められていたものは――。

「まさか、そんな――っ」

思わず息を呑む。

所々虫に食われた古めかしい布に包まれていたのは――小さな鈴。

それは、つい先日まで空洞淵が〈幽世〉で所持していたものと同じ形をしていた。経年劣化のためか、すっかり全体が錆び付いて音も鳴らない様子だったが……紛れもなく、同一のものだ。

空洞淵が〈幽世〉から〈現世〉へ転送されたとき、所持品などはすべて〈幽世〉へ連れ込まれる直前の状態に戻っていた。当然、例の鈴も〈幽世〉へ置いてきてしまったものとばかり思っていたのに……何故、それがここにあるのか。しかも、かなり朽ちた状態で。

混乱の極致にいる中、空洞淵の反応から何かを感じ取ったように神妙に頷いた。

「……やはり、何か事情がおありのようですね。こちらの鈴は、守弥様がとても大切になされていたもので、御巫神社再建の折、先ほどの文言と共に奉納されました。以降、三百年の間、御巫家そして舞春家の中でのみ、内密に保管されておりました。……何故、空洞淵さんがこちらの鈴にお心当たりがあるのかは、伺いません。しかしながら、守弥様のお言葉に従い、こちらは空洞淵さんにお渡しするのが筋かと存じます。どうか、お受け取りくださいませ」

深々と頭を下げて、舞春は鈴を差し出してくる。空洞淵は、半ば無意識にそれを受け取った。手の中に馴染《なじ》む、熱を持ったように温かい鈴。

そもそもこの鈴は、死神騒動の際、二個連なるうちの一つを御巫綺淡から譲り受けたものだった。

綺淡からは、守弥からもらった宝物なのだと聞いている。そして、この鈴を持っていれば、必ずや守弥が加護をもたらしてくれるとも――。

いったい何故、その鈴が現代の〈現世〉に存在するかまでは相変わらず不明だったが……少なくともようやく手に入れた、正真正銘の〈幽世〉との繋がりであることには違いない。

空洞淵は、握りしめた鈴の温かさを確かめながら、

「――ありがとうございます。謹んで、頂戴《ちょうだい》いたします」

そこで舞春は緊張を緩めたように微笑《ほほえ》んだ。

「……不思議なこともあるものですね。しかしこれで……私も肩の荷が下りた思いです」

「お勤め、本当にご苦労様でした」心の底から労《ねぎら》いの言葉を掛ける。「僕もまさかこんなことがあるとは思っておらず、正直戸惑っていますが……。ですが、ここへ来て本当によかったと思います」

まだ目的を果たしたわけでもないのに、妙に清々《すがすが》しい気分だった。

それから、舞春は口を潤《うるお》すようにお茶を飲んでから、改めて空洞淵に尋ねる。

「一つだけ、伺ってもよろしいですか？」

「何でしょう？」

「先ほど、化学の道に進んだ、とおっしゃいましたが……ひょっとして、お仕事は薬関係を？」

「ええ、薬剤師……薬師をやっています」空洞淵は穏やかに答えた。「空洞淵家は〈伽藍堂〉という代々続く薬処《くすりどころ》を家業としていたのですが……僕が継ぐ直前に、店を畳むことになってしまいました。僕の代で家業を畳んでしまったことをずっと後悔していたのですが……最近、また同じ屋号で薬処を始めたんです」

「それは……大変素晴らしいですね」

眩《まぶ》しいものでも見るように、舞春は目を細めた。

「きっと守弥様や綺柳様、それに綺淡様も……お喜びになることでしょう」

空洞淵は、〈幽世〉で綺淡と話したときのことを思い出す。

確かに彼女は、空洞淵が〈伽藍堂〉を続けていたことを知って喜んでくれていた。

まさか綺淡と直接話したことがある、などと言っても舞春には理解してもらえないだろうけれども……。

「きっと綺淡さんは、あなたがこの時代まで神社を存続させてくれていることもまた、喜んでいると思いますよ」

「そう、ですね。もしそうならば……これほど嬉しいことはありません」

東雲神社の宮司は、晴れやかに笑う。

この笑顔が、今も遠くの地に生きる御巫神社初代巫女《みこ》の元まで届くことを、空洞淵は願って止《や》まなかった。

第四章
選択

I　〈幽世《かくりよ》〉

「――何という体たらくなのでしょう。まったく、嘆かわしい限りです」

御巫《みかなぎ》神社初代巫女《みこ》は、ため息交じりにそう言った。

「…………」

まさに青天の霹靂《へきれき》とも言える出来事を前にして、さしもの綺翠《きすい》も言葉を失う。

早朝、日の出と共に起床した綺翠は、いつものように巫女装束に着替えてから、日課の境内の掃き掃除のために竹箒《たけぼうき》を片手に境内へ向かったのだが……。

境内では――見慣れぬ先客が何故《なぜ》か掃き掃除をしていた。

朝日の逆光で影しか見えなかったが、長い髪を背中で結ったその姿は、幼き日に見た母の姿にとてもよく似ていた。だが、母は随分昔に亡《な》くなっている。

ならばいったい誰が――、と吸い寄せられるように歩み寄って行ったところ、振り返ったその人物は、開口一番にそのようなことを言ったのだった。

御巫綺淡《きたん》――綺翠の遠い先祖に当たる人物なのだが、故《ゆえ》あって現在まで生き存《なが》えている目の上のたんこぶのような存在である。

以前に見掛けたときと同じく、喪服のような黒い着物を纏《まと》い、朝から不吉な印象を振りまいている。帯紐に結ばれた小さな鈴が、チリン、と鳴った。

旅に出ると言って、極楽街を離れたと聞いているが……何故当たり前の顔をしてこのような場所で掃き掃除などしているのか。

困惑とささやかな憤《いきどお》りにより、言葉が出てこない綺翠だったが、そんな彼女を見て綺淡はまたこれ見よがしにため息を吐《つ》いた。

「まだ寝惚《ねぼ》けているのですか？ 少し弛《たる》んでいますよ。神に仕えるものとして、夜明けよりも早く目を覚まし、静謐《せいひつ》な暁の気配を纏いながら水浴びをして身を清めた後に、装束を纏いお勤めに入るものです。大体あなたは、御巫神社の跡取りとしての自覚が――」

箒を動かす手を止め、人差し指を立てると綺淡は延々と小言を捲《まく》し立てる。

いい加減我慢の限界だったので、綺翠は先祖の言葉を遮る。

「……あの、綺淡様。わざわざ小言を言うために来たのですか？」

「そのようなわけがないでしょう」綺淡は呆《あき》れたように言う。「これでも私はまだ漫遊で忙しいのです。神社へ立ち寄ったのは、金糸雀《カナリヤ》から相談を受けたためです」

金糸雀が綺淡に相談を持ち掛けていた？

状況がよく見えず、綺翠は首を傾《かし》げた。

「金糸雀が、今や役目を終えたただの疫病神《やくびょうがみ》でしかない綺淡様に何の相談を？」

「……あなた、口の利《き》き方には注意したほうがいいですよ」

引きつった笑みを浮かべる綺淡だったが、すぐに何かを諦《あきら》めたように軽く首を振る。

「まあ……何でもよいです。金糸雀からの相談というのは、現状のことです。これでも、〈幽世〉を〈現世《うつしよ》〉から切り離した張本人ですからね。何かしらの助言はしてあげられるのではないかと思って、こうしてわざわざ出向いてやったのです。それなのにあなたはまだ寝ているようだし、境内は桜が散り放題だし、仕方なくこうして掃除に励んでいたのです。神の社が汚れているのは我慢ならない性分なもので……そういえば、朧《おぼろ》様はお元気ですか？」

朧様、というのは、御巫神社で祀《まつ》られている龍神《りゅうじん》のことだ。重度の引《ひ》き籠《こ》もりで滅多に人前に顔を出さない。一緒に住んでいるはずの綺翠でさえ、今年に入ってからまだ顔を見ていないほどだ。

「朧様は……相変わらずです」義務的に答えてから話題を戻す。「……それで、〈幽世〉を切り離した張本人として、どのような助言を授けてくださるのでしょう？」

「まあ、落ち着きなさい」

そう言って、綺淡は地面を指さす。

「まずは境内の掃除です。一日の始まりは掃除からですよ。二人でやればすぐに終わるでしょう」

「……はい」

不承不承ではあったが、綺翠は綺淡に従うことにした。根が真面目《まじめ》なので、何だかんだと言いながらも、遠い先祖に敬意を払ってしまうのだった。

竹箒が石畳を掃く小気味のいい音が早朝の境内に響き渡る。

境内には所々に桜の木が生えているため、この時期は頻繁に掃除をしないとすぐに地面が薄桃色に染まってしまう。見上げるとすっかり桜は見頃を終えており、何だか物悲しい気持ちになってくる。

本当は、空洞淵《うろぶち》や穂澄《ほずみ》とともに、散りゆく桜を眺めながらのんびりしたかったのだけれども……今年は叶《かな》いそうもない。何よりも今は、空洞淵を呼び戻して、穂澄を元気にしてもらうことが第一だ。それ以外のことに気を取られている場合ではない、と揺れた感情を心の奥底に押し込めた。

サッ、サッ、という竹箒の軽快な音が続く。

綺翠はこの境内を掃くときの音が好きだった。一定の律動で紡《つむ》がれるその音は、余計な思考も一緒に掃いてくれる。掃除のおかげで、いつも清らかな気持ちで一日を始めることができるのだ。一日の始まりは掃除から、という綺淡の言葉は、真理だと思う。

無心で境内を掃き続けて——ひとまず参道だけは綺麗《きれい》になった。さすがに境内全体を掃いていては日が暮れてしまう。

二人掛かりで集めた花びらを一箇所に集め終えたところで、綺淡は大きく伸びをして腰を叩《たた》いた。

「いけませんね。久々に掃除などしたものですから、腰が痛みます」

「年寄りの冷や水でしょうか」

「……あなた、本当にいい度胸をしていますね」

まったく誰に似たのやら、と不平を零《こぼ》してから、帯紐に結ばれていた鈴を外して綺翠に差し出した。

「これを持っていなさい」

「これは……？」

綺翠は戸惑いながらもそれを受け取る。以前、夜の街で綺淡と対峙《たいじ》したときのことを思い出す。確かあのときは、帯に鈴が二つ結わえられていたような気がするが……もう一つはどこかで落としたのだろうか。

「これは守弥《もりや》様からいただいた、私の宝物です。本来であれば、後生大事に私が肌身離さず持っているべきものであり、未熟な子孫になど絶対に渡したくない大切なものなのですが……今回だけ特別です」

「……あの、話が見えないのですが」

「その鈴の片割れは、霧瑚《きりこ》様が持っています」

「——っ!?」

あまりにも当然のように綺淡が言うものだから、綺翠は一度聞き流し、それからすぐに改めて言葉の意味を理解して驚く。

「ど、どうして空洞淵くんが……！」

「以前、あなたが暢気《のんき》に眠りこけていたとき、霧瑚様にお渡ししたのです」

「でも、空洞淵くんは身に着けていたものや所持品のすべてをこちらへ置いて行っています！」

綺翠は、空洞淵に貸していたはずの父の着物が、まるで初めからずっとそこにあったように簞笥《たんす》の奥へ仕舞われていたことを思い出す。反対に、空洞淵が〈現世〉から持ってきていたものもすべてなくなっていた。

それこそ、初めから空洞淵など存在していなかったように――。

「金糸雀から、霧瑚様が〈現世〉へ戻ってしまったときの話を詳しく聞きました。霧瑚様が〈幽世〉で得たものはすべて、元の場所に戻っていたそうですね。しかし――私の手元には、霧瑚様にお渡しした鈴が戻っていません。もちろん、霧瑚様が姿を消したその場である〈大鵠庵《だいこくあん》〉にも残されていませんでした。ならば――鈴はどこへ消えたのでしょう？」

どこへ……消えたのだろうか。それ以外のすべてのものは、空洞淵との因果が生まれる以前の状態に戻されていたのに……何故、鈴だけが例外だったのか。

「金糸雀を救うために、金糸雀と空洞淵家に関する因果の歪《ひず》みが修正されました。しかし、あくまでも修正の範囲は部分的であり、私と空洞淵家に関する因果などはそのまま維持されています」

それはそうだ。もし、〈幽世〉にまつわる空洞淵家とのすべての因果が修正されてしまったとしたら、守弥の遠い子孫である綺翠や穂澄も存在できないことになる。

「あの鈴は、元々私と守弥様の間にのみ結ばれた因果です。しかし、その鈴は守弥様と強い因果で結ばれた霧瑚様の手に渡りました。そして、霧瑚様が鈴を保持した状態で、金糸雀と空洞淵家の因果が修正されてしまった。霧瑚様は、〈幽世〉へ来る直前の世界へ飛ばされてしまいました。では、鈴は——？」

そこで綺翠は、あまりにも非常識な可能性に思い至り全身総毛立った。

「まさか、鈴だけが〈幽世〉が生まれる直前の世界まで飛ばされてしまった……⁉」

「——その可能性が高いでしょうね」

綺淡は神妙な顔で頷《うなず》いた。

鈴は、綺淡と守弥を繋《つな》いでいる。つい最近になり、鈴が空洞淵の手に渡ったことで、綺淡と空洞淵にも因果が繋がった。当然、空洞淵は守弥の直系の子孫なのだから強い因果で結ばれている。月詠曰《つくよみいわ》く、空洞淵は守弥の生まれ変わりであるらしいので、その因果の強さは折り紙付きだ。

ならば、因果の修正により空洞淵が過去の〈現世〉へ飛ばされた時、空洞淵が保持していた鈴はより強い因果に引かれて、綺淡ではなく過去の守弥の元へ戻っていった。

つまり、空洞淵が飛ばされた世界は——。

「霧瑚様が今いる〈現世〉は、守弥様の元に鈴が戻った世界なのです。言い換えるならば、この鈴を介してのみ、二つの世界には因果が繋がっていることになります。霧瑚様が、今の〈幽世〉へ戻ってくるためには……必要な繋がりでしょう？」

　空洞淵と今の〈幽世〉を繋ぐ因果——それこそが最大の問題であり、頭を悩ませていたことだったので、まさかこのような形で解決するとは思ってもおらず、喜びよりも先に困惑が立ってしまう。

「で、でも……仮に守弥様の元に鈴が戻っていたとしても、それが今の空洞淵くんの手に渡っているとは限らないのでは……？」

「守弥様ならば、必ず何かしらの方法で霧瑚様に鈴が届くよう手はずを整えるはず。そして霧瑚様は、守弥様に似てとても聡明《そうめい》な方ですから……〈幽世〉へ戻ることを決意なさったのであれば、必ず鈴に辿《たど》り着くはず。これは、そういう〈縁《えにし》〉なのです」

　守弥に対する絶対の愛情と信頼。それは、綺翠が空洞淵に対して抱いているものと同等か、それ以上のものなのだろう。

　ならば……綺翠もまたその〈縁〉とやらを信じられる。

　今、空洞淵の手には、この鈴の片割れが握られているのだと。

「まさか、綺淡様は初めからこのような展開になることを見越して、空洞淵くんに鈴を渡していたのですか……？」

「まさか」綺淡は肩を竦《すく》める。「月詠ではないのですから、未来を予知することなど私にはできません。ただ、ずっと疑問には思っていたのです。何故、守弥様は私に鈴を二つもくださったのだろう、と。一つを私に、そしてもう一つを守弥様が持っていれば、それでよいはずなのに……。もしかしたら守弥様は、将来、ご自分の子孫が〈幽世〉へ行かれることを予期していたのかもしれません。そして因果が巡り、その鈴の片割れが子孫の手に渡ることを……願っていたのではないか、と。そう思ったので、霧瑚様に鈴をお渡ししただけです。結果的に、それが繋がりになっただけで……あくまでも偶然です」

しかし――、とそこで綺淡は手を伸ばして綺翠の頬に触れた。

「あなたの強い想《おも》いが、この結果に繋がった可能性は否《いな》めないでしょうね。それほどまでに恋い焦《こ》がれる方と出会えることは、大変幸福なことなのですよ。まったく……あなたは剣の腕は冴《さ》えないのに、男を見る目だけは私に似たようですね」

そうなのだろうか。綺翠にはよくわからない。

ただ、空洞淵との出会いが運命であったのは間違いないと思う。

そして、空洞淵を好きになったことも、絶対に間違いではなかった。

この気持ちを過去のものに、間違いにしないためにも、綺翠は何があっても空洞淵と再会しなければならない。

決意を新たにする綺翠を慈《いっく》しむように目を細めてから、綺淡は距離を取る。

「さて、それでは私はそろそろ参りましょうか。あまり長居をして、街の人にでも見られたら面倒です」

持っていた竹箒を母屋《おもや》の壁に立て掛けて、綺淡は歩き出す。

「その鈴は、いつかちゃんと私に返すのですよ。そしてその折には、霧瑚様から授かった子に会わせること。約束できますか？」

足を止め、振り返る綺淡。

「――約束します」綺翠は、力強く頷いた。

綺淡は、それは重畳《ちょうじょう》、と破顔する。それから、再び歩み出して――。

「私たちが叶えられなかった願いを、どうか果たしてくださいな」

そう言い残して、鳥居を潜《くぐ》ると長い石段を下りていった。もう、振り返ることはなかった。

綺翠は、手の中の鈴を握りしめる。冷たいはずの鈴は、何故か仄《ほの》かに温かかった。

〈繋がり〉は得た。あとは、〈時〉を待つだけ――。

2 〈現世〉

〈繋がり〉は得た。あとは、〈時〉を待つだけ――。

空洞淵霧瑚は、マンションの自室で錆《さ》び付いた鈴を弄《もてあそ》びながら考える。

重要なのはタイミングだ。

いったいいつであれば、〈幽世〉と〈現世〉が繋がるのだろうか。

いくら鈴という因果によって二つの世界が繋がっているとしても、それだけでおいそれと行き来できるほど簡単な問題ではないだろう。

だが、繋がりがある以上、そして実際にかつて空洞淵が二つの世界を行き来している以上、何かしらのタイミングさえ合えば、それは実現可能であるはずだ。

では、そのタイミングとはいったいいつなのか――。

空洞淵は考える。脳裏に浮かぶのは、〈はじまり〉の情景。

この世のものとは思えぬほど美しい巫女装束の女性に命を救われたあの夜――空には、冷然と輝く満月が浮かんでいた。

かつて空洞淵は、満月の夜に〈幽世〉へ連れ込まれた。

〈幽世〉と〈現世〉を行き来することと、月齢にどれほどの関連性があるかはわからないが、再び〈幽世〉へ赴こうとするならば、極力当時の状況を再現すべきではあるだろう。

問題は、肝心の〈幽世〉の月齢が不明瞭《ふめいりょう》なことだ。本来空洞淵が認識していた時間よりも過去の時点の〈現世〉に飛ばされてしまっている以上、こちらの月齢は当てにならない。

直近で、明確に記憶に残っている月の様子を、空洞淵は必死に思い出す。

あれは——〈死神騒動〉が終わった直後、金糸雀が倒れたという報告を聞いた夜のこと。

なかなか寝付けずにいたので、夜風に当たろうとして濡《ぬ》れ縁《えん》に腰を下ろした。時刻は確か丑三《うしみ》つ時で——あのとき、立派な下弦の月が見えたはずだ。

下弦の月は、月齢で言うと二十二日あたり。大体一週間後に新月になる計算だ。月齢周期を二十九日とすると、そこから満月になるためには、さらに十五日ほど必要になって……。

頭の中で、少しずつ計算を進めていく。

下弦の月を見た翌日、早速空洞淵と綺翠は、琵《び》国《く》村へ向かった。

極楽街から琵国村へ向かうのに掛かったのは二日ほど。琵国村での滞在が……確か六日間。

それから、空洞淵が〈現世〉へ戻されてから、かれこれ十三日が経過していて――。

「――やっぱり明日あたりが、満月か」

何度計算しても、明日か、遅くとも明後日《あさって》が〈幽世〉の満月になる。

本当に満月の夜が絶好の機会なのかどうかは、空洞淵にはわからないけれども……。

でも、この機を逃す手はない。何よりも、明日ならば〈幽世〉へ帰れるという根拠のない確信があった。

例の鈴を手に入れられたタイミングも絶妙だ。天の配剤としか言いようがない。

だが――。

〈幽世〉へ戻ることが現実的になればなるほど、空洞淵は迷ってしまう。

自分は、これからどうするべきなのか、と。

少なくとも、一度〈幽世〉へ行き、綺翠と再会し、自身に憑《つ》いた感染怪異〈幽世の薬師《くすし》〉を祓《はら》ってもらうまでは、絶対に必要な工程だ。

問題はその先。

〈幽世〉に留まるか、それとも再び〈現世〉へ戻るか――。

そのときに判断するのでは、都合が悪い。何故なら、綺翠との再会で舞い上がって、冷静な判断が下せないことが容易に予想できるためだ。

この機を逃したら、もう二度と〈幽世〉と〈現世〉を行き来できないかもしれない。

だからこそ、慎重に選択しなければならない。

一時の感情ではなく、理性で。

後先を考えずに、ただ無心で感情に従うのであれば――〈幽世〉に留まる以外に選択肢はない。

何しろ、あちらには綺翠がいるのだ。何をおいても、優先すべきなのは自明だ。

他にも、仕事や人間関係にも恵まれたし、何より医療の存在しないあの世界にできる限り奉仕したいという医療従事者としての強い使命感がある。

強いて言うのであれば、明日確実に生きているという保証がないところは、気掛かりだけれども……逆に、それゆえに〈現世〉とは比べものにならないほどの自由を謳《おう》歌《か》できるとも言える。

しかし……それが本当に自分に許されることなのか、と自問すると答えはまだ出ない。

とにかく客観的な事実として、空洞淵霧瑚という人間は、本来〈幽世〉にいるはずのない人間であることは間違いない。

ひょんなことから、〈幽世〉へ連れ込まれ、色々な騒動に巻き込まれることになったけれども……そちらの目的も果たされてしまった以上、空洞淵があの世界と積極的に関わる理由はないはずだ。

第一、空洞淵は〈幽世〉に存在しない医療を使って、人々の生き死にに直接関与してしまっている。空洞淵がいなければ命を落としていたはずの人だって、何度となく救ってきた。

それは紛れもなく、自然の摂理、因果に逆らう行いだ。

本来あるべきものに逆行するようなことは……いつか必ず、手痛いしっぺ返しを食う。

空洞淵が強制的に過去の〈現世〉へ飛ばされてしまったように……何の脈絡もなく、突然牙《きば》を剝《む》いてくるのだ。

運命には、抗《あらが》うべきではない。

今回はたまたま空洞淵が〈現世〉へ戻されるだけで済んだけれども……。もし、そのしっぺ返しで綺翠の命が脅《おびや》かされるような事態に陥ったら、間違いなく空洞淵は死ぬほど後悔する。

所詮《しょせん》、どこまでいっても『たられば』の話でしかないのだけれども……実際、何が起こるかわからないのだから仕方がない。

本来あり得ないことをして、因果を歪ませることは——それほど危険なのだ。

ならば、そのような危険を冒すことなく、大人しく〈幽世〉と縁を切るべきなのではないか——。

あるいはもしかしたら、〈幽世〉での因果の歪みを最小限に抑えることで、しっぺ返しのリスクを軽減できる可能性はある。

人の生き死にに直接関与する薬師などではなく、もっと別の、誰かの人生に影響を及ぼしにくい仕事に就くことで、空洞淵でも〈幽世〉で何事もなく生活できるかもしれない。

たとえば、錬金術師アヴィケンナ・カリオストロのように——。

だが——、とすぐに空洞淵はそんな甘い考えを棄却する。

空洞淵と、元より錬金術を志していたアヴィケンナは違う。

「……僕には、漢方しかない」

漢方を家業とする家に生まれ、漢方と共に育ってきた。

漢方だけが、空洞淵の拠り所《よどころ》なのだ。それ以外の生き方など、選びようもない。

何より、病に苦しんでいる人を見て、その苦しみを和らげる知識と技術を持っていながら、見て見ぬ振りなどできるはずがない。

そんなことをするくらいならば――死んだほうがマシだ。

だから、空洞淵が〈幽世〉で生きるには、世界の因果を歪《ゆが》め続けるしかないのだ。

そしてその行いは結果として、最も大切な人を傷つけてしまう危険性を常にはらんでいる。

自分が、自分の生き様を貫くことで誰かを傷つけてしまうのであれば……そんな危ない奴《やつ》はいないほうがいい。

ならば……どうすることが最良なのか……。

出口のない迷路に迷い込んだように、空洞淵は悩み続ける。

時間は進み、月は齢《よわい》を重ね、世界は巡っていく。

答えは――まだ出ない。

3 〈幽世〉

御巫綺翠は〈儀式〉の準備を急いでいた。

空洞淵が帰ってくるとしたら、おそらく満月の夜だ。

満月の夜には、不思議と〈現世〉から物や人が紛れ込みやすいことが経験的にわかっていた。綺翠も満月の夜には〈幽世〉を取り囲む結界が弱まっているように感じていたので、その経験則は正しいのだろうということがわかる。

問題は、次の満月が明日の夜であることだ。結界を割り、時間と空間によって隔たれた現在の〈幽世〉と過去の〈現世〉を繋げるためには、十分な下準備が欠かせない。

儀式の成功率を少しでも高めるために、やるべきことは山のようにある。

穂澄の看病を槐《えんじゅ》に任せて、綺翠は金糸雀と月詠の助力も得て、必死に準備を進めるがこのままではどうあっても明日の夜までに間に合わない。というか、一週間後であっても厳しいほどだ。

だが、それでもやれることをやるしかない。すべては、空洞淵を再びこの地へ連れ戻すため——。

「——おう、嬢ちゃん。やってるかい」

突然背後から低い声を投げ掛けられる。結界を安定させるお札の作成に集中していたため背後から歩み寄る不審者の気配に気づかなかった。

慌《あわ》てて振り返るとそこには、黒い司祭服に身を包んで異国の帽子を被《かぶ》った目つきの悪い男が立っていた。祓魔師《ふつまし》の朱雀院《すざくいん》だ。

綺翠は目を細めて素っ気なく応対する。

「何かご用かしら。こう見えて私、とても忙しいのだけど」

「まあ、そう言うなって」朱雀院は露骨な態度も気にすることなく続ける。「たぶん今頃嬢ちゃんが忙しくしてると思ってな。手伝いに来たんだ」

「手伝い？」

予想もしていない言葉に綺翠は目を丸くする。朱雀院は、ああ、と頷いた。

「だって、空洞の字が戻ってくるとしたら満月の夜だろう？　直近だと明日だ。だから今頃嬢ちゃんはその準備に忙しいと思ったんだが、読みが外れたかい？」

わかっているくせに、朱雀院は口元を歪めて嘯《うそぶ》く。当てこすりのつもりだろうか。

歯噛《はが》みしながらも、綺翠は素直に謝る。

「……ごめんなさい。忙しさのあまり気が立っていたの。手伝ってくれるのなら大助かりよ」

信じる神こそ違えど朱雀院は怪異祓いの専門家であるし、力仕事で頼りになる男手があって困ることなど何もない。

「恩を感じる必要はないぞ」朱雀院は大仰に肩を竦めた。「空洞の字には色々と借りがあるしな。それにアイツは数少ない飲み仲間なんだ。戻ってきてくれるならそれに越したことはないさ」

素直ではない、と思うが、朱雀院の心遣いが綺翠も嬉《うれ》しかった。

作業の指示は金糸雀が出してくれるはずだ。彼女の居場所を伝えると、祓魔師は無造作に片手を振りながら早速去って行った。

それから、朱雀院と入れ違いになるように新たな来客が。

「やあやあ、どうも巫女殿。ご機嫌麗《うるわ》しゅう。相変わらず本日もお綺麗で」

黒衣に濃紫《こむらさき》の袈裟《けさ》を付けた法師ふうの男——釈迦堂悟《しゃかどうさとる》が、ニコニコとした信用ならない笑みを顔に貼《は》りつけて立っていた。

「つい今し方、祓魔師殿ともすれ違ったので、おそらく目的は同じだろうと思うのですが……もしまだ人手が足りないようでしたら、どうか私も用立ててはいただけませんか。空洞淵の旦那《だんな》には、我々もお世話になっているので——」

我々、という言葉に綺翠が違和感を覚えたところで、釈迦堂の後ろからひょこりと小柄な影が姿を現した。

柔らかそうな黒い髪を靡《なび》かせる、思わず目を引くほど可愛《かわい》らしい顔をした少年——。

「やあ、巫女様。こんにちは」

一瞬誰だかわからなかったが、声を聞いてすぐに思い至る。

「まさか、玲衣《れい》くん……？」

驚きのあまり目を丸くする。玲衣は、いつかの吸血鬼騒動のときに縁ができた少年だ。あのときとは随分様子が変わっていたので、記憶と一致させるのに時間が掛かってしまった。出家したという話を空洞淵から聞いていたけれども……どうやら上手《うま》くやれているらしい。

「――久しぶりね。元気そうでよかったわ」

「うん、おかげさまで」玲衣は屈託なく笑う。「兄弟子だけだと心配だから付いて来ちゃった。空洞淵先生が大変なんだろう？　俺も協力するから何でも言ってよ」

身を乗り出す玲衣の頭を、釈迦堂は無理矢理押し下げる。

「……すみません、巫女殿。此奴《こやつ》め、甘やかされて育てられたせいか、口の利き方を知らないもんで。仏門に入ったものとして、衆生《しゅじょう》の方への最低限の礼儀くらいは叩き込みたいと常々思っているのですが……お師匠様も甘やかすものでなかなか身につかずご覧の有様です。不出来な弟弟子に代わりまして、心より謝罪申し上げます」

珍しく申し訳なさそうに頭を下げる釈迦堂。だが、綺翠からしてみれば、口調だけが丁寧で人を喰った態度を取る釈迦堂よりも、あけすけな印象の玲衣のほうがずっと好ましく見える。何よりも、色々あった玲衣が、空洞淵のためにこうして出向いてくれたことが嬉しかった。

先ほど同様に、金糸雀の居場所を教えると二人はそちらへ向かっていった。

これだけ助《すけ》っ人《と》がいれば、想定の半分くらいは終わるかもしれない、と明日への展望を明るくしながら、自分の作業へ戻ろうとする。

しかし、そこへまた騒がしい人物が現れた。

「巫女様ぁ！　今ちょっとよろしいですかい！」

意外な来客だった。腹掛けに股引《ももひ》き法被《はっぴ》の若い男——福助《ふくすけ》だ。

訳あって、以前感染怪異で苦しんでいたところを助けた縁があり、それ以来、空洞淵と綺翠に懐《なつ》いている。今は、極楽街で人力車夫をやっており、街一番の健脚とも評される、なくてはならない存在だ。

今度は何事かと眉《まゆ》を顰《ひそ》める綺翠は、福助の背後に小柄な二つの影が覗《のぞ》いていることに気づく。

「実は街の外れで、神社へ向かっているお嬢さん方を見掛けまして。こっちの用のついでに運んで来たんでさあ！」

福助は、身体《からだ》を引いて背後の人物を綺翠からも見えるようにする。そこに立っていたのは思い掛けない二人――。

「――巫女様、ご無沙汰《ぶさた》しております」

上等な着物に身を包んだ、まだ幼さを残した少女――神屋敷花喃《かみやしきかなん》は、綺翠の顔を見て安心したように表情を和らげる。隣に立っていた姉の紗那《さな》もそれに倣《なら》う。

二人は、極楽街から遠く離れた隠れ里の一つ、神籠村《かみごも》に住まう仲よし姉妹だ。以前、空洞淵と綺翠の二人で神籠村を悪習から救い出した際に親しくなったのだが、如何《いかん》せん遠方に住んでいるため付き合いといえば手紙のやり取りくらいで、中々直接は会えずにいた。

特に紗那は、当時すっかり痩《や》せ衰えてしまっていたので、こうして肉付きもよくなり元気になった姿を見ると嬉しくなる。

「会えて嬉しいけど……どうしたの、急に。何か街に来る用事でも？」

「何をおっしゃっているのですか、巫女様！」花喃は両拳《りょうこぶし》を胸の前に固めて身を乗り出す。「空洞淵先生が、いなくなってしまったと聞いて、居ても立ってもいられなくなって、こうして姉と共に村を飛び出して来たんです！」

空洞淵不在の噂《うわさ》は、どうやらすでに遠く離れた隠れ里にまで広まっているらしい。

騒ぎにならないかと不安を覚える綺翠だったが、紗那は何事もなかったように妹の後を継ぐ。

「ええ、それで極楽街でさらに詳しいお話を伺いまして……。何か我々でもお役に立てないものかと馳《は》せ参じた次第です。どうか我々にも空洞淵先生を迎え入れるお手伝いをさせてください」

綺翠はまた眉を顰める。ますますわからない話になってきた。

空洞淵を迎え入れる……？　何故、極楽街で詳しい話を聞いて、そのような考えに至るのだろうか。そもそも、空洞淵不在の噂というのは、どのような形で広まっているのか。

窺《うかが》うように福助を見ると、彼はあっけらかんと答える。

「だって明日、先生が〈現世〉から戻ってくるんでしょ？　街の連中も、巫女様の手伝いをしたいって色めき立っててまさあ。元々俺は、巫女様にそのお伺いを立ててるために神社へ向かってたんでして。その途中で、こっちの美人姉妹を見掛けたんで、ついでに車に乗してきたんですわ」

綺翠は思わず息を呑《の》む。

何故、街のみんながそんなことまで知っているのか。誰か関係者が漏らしたのだろうか。

「……空洞淵くんのこと、どこで聞いたの？」

「どこって言われても……」福助は困ったように額に手を当てる。「今、街はその噂で持ちきりですぜ。出所まではわかんねえですけど……とにかくみんな先生と巫女様のことを心配してるんでさあ。それで何か力になれねえかって話し合って、一番足の速い俺が、様子を見に来たって訳なんですが……やっぱりご迷惑ですかね？」

福助に釣られるように、神屋敷姉妹も不安げに瞳《ひとみ》を揺らす。

綺翠は答えに窮してしまう。

正直に言ってしまえば、人手ならあればあるほどありがたい。たとえそれが、専門家ではなかったとしても、やれることはたくさんある。

だが、それと同時に一般人である神屋敷姉妹や街の人を巻き込んでしまってもよいものか迷う。幸いなことに、空洞淵のことが漏れても大きな騒ぎにはなっていないようだけれども……そもそも、〈幽世〉と〈現世〉を人為的に繋げようとする儀式は、御巫神社の秘中の秘に当たる。

〈幽世〉の秩序、御巫神社の威光を守るためにも、おいそれと一般人を関わらせるわけにはいかない。

しかし、それでも――。

一瞬の葛藤《かっとう》。すぐに綺翠は決断する。

「――いえ、迷惑なんてとんでもない。そのご厚意、是非とも承りたく存じます」

「そうこなくっちゃ！」嬉しそうに福助は手を叩く。「それじゃ、俺は早速みんなに知らせて来ますわ！　巫女様、また後ほど！」

福助が軽快に走り去ったあと、花喃たちに金糸雀の居場所を告げて、準備を手伝ってもらうことにする。

胸に込み上げてくるものを感じながら、綺翠は自分の作業を再開する。

人手が増えれば、結果としてそれだけ空洞淵が戻ってこられる可能性が高まる。

（これで、もしかしたら空洞淵くんも……）

綺翠は、明日の結果に微《かす》かな明るい希望を持ち始める。

――このときは、まだ。

4〈現世〉

空洞淵霧瑚は、何の気なしに窓を見る。

先ほどまで真っ暗だった空が、いつの間にか明るくなっていた。

結局、一睡もしないうちに運命の日がやって来てしまった。

答えは――未《いま》だ出ていない。

寝不足の頭は、緩慢な思考をくり返すばかり。しかし、どれだけ考えても正しい選択がわからない。

〈幽世〉へ留まるか、それとも〈現世〉へ戻るか。

突き詰めてしまえば、これは因果律による〈予測不可能な修正〉というリスクを許容できるか否《いな》か、という問いだ。

最大の問題は、そのリスクが空洞淵以外の誰かの身に降り掛かる恐れがあるということで……。

どこまでいっても可能性の検討しかできない以上、この問題には明確な答えなどない。

予測不可能なリスクは、単純比較することが難しい。

極論を言えば、〈現世〉にいたって、明日、突然降ってきた隕石《いんせき》に当たって死ぬ可能性もゼロではないわけで……。これは、そのような極小かつ最悪の状況までを想定して、何らかの対策を取るか否か、という不毛な問いに近い。

理性で考えて答えの出ない問いであれば、感情で答えを導き出すしかない。

本能の赴くまま。自由で、気ままで、身勝手に。

悔いのない選択を、覚悟を示すしかない。

そしてそれならば……答えなどとうに出ている。
あの夜──運命に導かれた満月の夜。
月白の光の中、白鞘《しろざや》の小太刀を片手に佇《たたず》む彼女の姿を、一目見たそのときから──。
今でも鮮明に思い出すことができる。
目が痛むほどに鮮烈だった、赤と白の巫女装束。
白い肌と黒い髪。
鋭さの中に慈愛を秘めた濡れた瞳。
そのすべてが、脳裏に焼き付いて離れない。
もしかしたら、あの瞬間からもう選択は済んでいたのかもしれない。
ならばもう──今さら悔いなどない。
空洞淵は覚悟を決めて、それから万全の状態で夜を迎えられるよう仮眠を取った。
幸せな夢を、見たような気がした。

5 〈幽世〉

もしかしたら、と抱いた希望は、見積もりが甘かったと言わざるを得ない。

境内の様子を改めて眺め回して、御巫綺翠は思わず感嘆の息を吐く。

境内は――未だかつてないほど、多くの人で賑《にぎ》わっていた。

老若男女を問わず、皆必死に与えられた作業を進めている。

櫓《やぐら》を建てる者、紅白幕を修繕する者、傷《いた》んだ設備を修理する者、境内の掃除をする者、炊《た》き出しを行う者――。

新年でさえ、御巫神社がこれほど賑わうことはない。そもそも御巫神社は、〈幽世〉に於《お》ける神域とされており、人々から恐れ敬われている。

そのため、気軽に足を踏み入れるべきではない、という暗黙の了解のようなものができてしまっていて、綺翠は密《ひそ》かに悩んでいた。

おそらくあまり人付き合いが得意でなく、いつも無表情の自分が、より人々を怖がらせてしまっているのだろう、という自覚はあったが、どのようにして街の人々の印象を変えてゆけばよいのか、皆目見当もつかなかった。

そんな折、綺翠の前に突然、空洞淵が現れた。

空洞淵は——不思議な青年だった。

いつも冷静沈着で、お世辞にも愛想がいいとは言えないのに、どういうわけか人に好かれるのだ。

人柄、と言ってしまったらそれまでかもしれないけれども……。〈現世人〉だから、というだけでは説明できない魅力が、彼にはあった。

そんな空洞淵が、御巫神社に住みながら、薬処《くすりどころ》を開くようになり——街の人々の意識が少しずつ変わってきた。

街を歩いていると、声を掛けられることが多くなった。

これまでは、遠巻きに畏怖《いふ》の視線を向けられるばかりだったのに、少しずつ気さくに接してもらえるようになったのだ。大体は空洞淵絡《がら》みだったが、たまには綺翠に用事のある人もいて。

気がついたら——綺翠はすっかりと街の人々に受け入れられていた。

空洞淵が来てくれたおかげで、これまで綺翠がずっと悩んでいたことがいとも簡単に解消してしまった。

今、目の前に広がっている光景は、いつかの自分が夢見たものそのものだった。

「壮観じゃな」

いつの間にか、すぐ隣に槐が立っていた。鬼の童女は、賑わう境内を眺めて慈愛に満ちた笑みを零す。

「祭りの準備でさえ、皆ここまで気合いを入れて働かんだろうな。まったく、霧瑚の奴は果報者じゃ」

「これがすべて、空洞淵くんが〈幽世〉で築いてきた縁だと思うと……少し妬《や》けちゃうわね」

働く人の中には、烏丸《からすま》姉妹や身寄りのない少女ミコトの姿もある。他にも多くの人が、空洞淵のおかげで病から回復した経験を持っているのだろう。

僅《わず》か七ヶ月あまりで、よくぞここまで多くの人の信頼を獲得したものだと、感心するほかない。

昨日は、人手が増えれば空洞淵が戻ってこられる可能性が高まる、くらいに軽く考えていたけれども、これだけ多くの人が空洞淵の帰還を願い、そして彼のために手を貸してくれているのだから……絶対成功するに違いない、という確信に変わっていた。

あとは、自分が頑張るだけ――。

「穂澄の調子はどう？」

「先ほどまでは苦しげにしておったが、間もなく霧瑚が戻ってくると伝えたら、安心したように眠りに就いたぞ」

「そう……それならよかった」

綺翠は安堵《あんど》した。後顧の憂《うれ》いも、迷いもない。

「私に何かあったら……穂澄のことを頼むわね」

「縁起でもないことを言うな、馬鹿者《ばかもの》」槐は呆《あき》れたように顔をしかめる。「何があっても霧瑚を連れ戻すくらいの気概を見せてみろ」

「——そうね、ごめんなさい」

綺翠は素直に謝る。緊張して悲観的になっていたようだ。

「必ず空洞淵くんを連れ戻してくるから、穂澄と一緒に待ってて」

「うむ！　期待しておるぞ！」

槐は背伸びをして手を思い切り上に伸ばす。何だろう、と思いながら身を屈《かが》めてやると、鬼の童女は勇気づけるように綺翠の頭を撫《な》でた。

誰かに頭を撫でられたことなんて、いつ以来だろうか。

緊張が和らぎ、思わず笑みが零れた。

「そういえば、先ほど妙な話を聞いたな」

「妙な話？」

姿勢を改めて綺翠は首を傾《かし》げる。

「何でも街で、今日、霧瑚が戻ってくるという噂を流しているのは、あの異国の女のようじゃぞ」

「異国の女……？ ひょっとして、カリオストロさんのこと？」

「うむ、其奴《そやつ》じゃ」

満足そうに槐は頷く。

そういえば、今日はアヴィケンナの姿を見ていないことに気づく。空洞淵のことを気に入っていたようだし、手伝いに来てもおかしくないが……その気配はない。

何より、アヴィケンナが空洞淵の件を触れ回っていたというのは解《げ》せない。そんなことをしても、街の人を不安にするだけなのに……。

徒《いたずら》に不安を煽《あお》ろうとするアヴィケンナの行動に一瞬眉を顰めて——それからすぐその真意に気づき、背筋が寒くなる。

先日、アヴィケンナはこう言っていた。

〈幽世〉とは、人々の願いが叶《かな》う世界である、と。

つまりアヴィケンナは、空洞淵帰還の噂を街中に広めることによって、その願いを叶えようとしているのだ。

噂が広まれば、人々の認知が拡大し、現実が書き換えられる。いくら鈴という因果が繋がった状況とはいえ、さすがにそれだけで空洞淵を連れ戻すことはできないだろうけれども……。〈幽世〉と〈現世〉を繋げる儀式を成功させる強力な後押しになるのは間違いない。

別れ際《ぎわ》に言われたことを思い出す。

——ただ、私は私で彼のために何かできることはないか勝手に検討させてもらう。

……なるほど、初めからそのつもりだったらしい。

一つ大きな借りができてしまった。空洞淵が無事に戻ったら、何かお礼をしなければならない。

「知らせてくれてありがとう、槐」

綺翠は膝《ひざ》を折り、目の高さを槐に合わせると、彼女の小さな手を取った。

「私は、これから儀式の最後の準備に入るから、穂澄のことをどうかお願いね」

「うむ、任せろ」槐も綺翠の手を優しく握る。「遠慮はいらんぞ。この世界をぶち壊すくらいのつもりで思い切りやれ。尻拭《しりぬぐ》いなら、妾《わらわ》たち年寄りに任せろ。無茶を押し通すのは、若者の特権じゃからな」

槐に背中を押される形で、綺翠は身を清めるための水浴びへ向かった。

迷いは、とうに吹っ切れている。

6 〈現世〉

空洞淵霧瑚は、一日ぶりに東雲《しののめ》の地に降り立つ。

空を見上げると、宇宙に地球以外の星がなくなってしまったかのように錯覚するほどの圧倒的な闇《やみ》が広がっている。

今にも一雨来そうな重苦しい曇天のためか、周囲に人影は見当たらない。皆、早々に家に籠《こ》もってしまったのだろう。雷こそ鳴っていないが、妙に肌寒く不気味な夜だ。

どこか遠くで、まだセミが鳴いていた。

時刻は午後十一時を過ぎたところ。今からどこかへ向かっても、帰る頃には終電がなくなっているが……片道のつもりの空洞淵には関係ない。

大きく一度深呼吸をしてから、覚悟を示すように力強く足を踏み出す。

目的地は昨日同様に東雲神社。

何しろ東雲神社は、〈現世〉に於ける御巫神社として再建されたのだ。言うなれば、この地球上で最も〈幽世〉に近い場所だ。〈幽世〉と〈現世〉を繋ぐのであれば、やはり東雲神社をおいて他にはないだろう。

とうに覚悟は決めているつもりだったが……それでも歩みを進める足は重い。

もしも、すべてが見込み違いだったらどうしよう。

東雲神社へ行っても何も起こらず、ただただ終電を逃すだけの結果に終わったらと思うと……怖くて仕方がない。

二度と綺翠とも会えず、そして〈幽世の薬師〉という医療を否定する感染怪異を祓うこともできないのであれば……。

最悪の状況を想定して、空洞淵は頭を振った。

今は……余計なことを考えるのは止《よ》そう。

無意識に右手を握る。手の中の錆び付いた鈴は、沈黙を続けたまま、ただ微かな熱を発し続けている。この確かな熱だけを頼りに、逡巡《しゅんじゅん》を振り切って空洞淵は歩き続ける。

その最中《さなか》、突如スマホが着信を知らせる。

普段、スマホが鳴ることなどほとんどなかったので、空洞淵は驚いて足を止める。

ディスプレイに目を向けると、そこには知らない番号が表示されている。誰かに電話をするのであれば、些《いささ》か遅すぎる時間だ。

間違い電話だろうか、と思いながら受話ボタンを押して耳に当てる。

無言のまま相手がしゃべり出すのを待っていると――。

『――あの、こちら空洞淵先生の番号で……合っていますか？』

若い女性の声だった。どこかで聞き覚えがある気がするが……誰だったか。

必死に記憶を辿ろうとするが、やはりこんな夜遅くに急に電話を掛けてくる若い女性の知り合いに心当たりはなかった。

「こちらは空洞淵ですが……どちら様です？」

小さく息を呑む声。緊張と微かな安堵が感じられた。

『あの、私、笹井《ささい》です。看護師の』

ようやくそこで声と名前が一致した。そういえばと、先日昼食を一緒に食べた際、別れ際に個人用の携帯番号を聞かれたので教えていたことを思い出す。あのとき空洞淵は、個人用のスマホを持っていなかったので、笹井の番号は登録できていなかったのだった。

「笹井さんでしたか。お疲れさまです。何かありましたか？」

『ああ、いえ……当直で問題があったとかではないんです。完全に個人的な電話です。夜分遅くに突然……すみません』

病棟での笹井は、もっと溌剌《はつらつ》としていたような気がするが、電話の主はどこか遠慮したように控えめだ。非常識な時間に電話をした負い目があるのだろうか。

「これくらいならばいつも起きているので、時間のことはお気になさらず。それで……どういったご用件で？」

早速本題に入る。また緊張したように小さく息を呑む声が聞こえた。

『その……最近ずっとお休みしているので、心配になりまして……。どうしようか悩んでいたのですが、ついに堪えきれなくなって電話してしまいました』

他のことに気を取られていてすっかり忘れていたが、ずっと仕事を休んでいたのだった。確か、笹井とは一緒に出掛ける約束もしていた。それを心配してわざわざ電話を掛けてきてくれたのだとしたら、非常に申し訳ない気持ちになる。

「ご迷惑をお掛けしてすみません。ちょっとタチの悪い風邪を引いてしまいまして。

でも今はすっかり元気です」

『葛根湯《かっこんとう》が効きました？』

そういえば、笹井と葛根湯の話をしたのだったと思い出し、思わず笑みを零《こぼ》す。

「――ええ。非常によく効きました」

あまりにも自然に自分の口から紡《つむ》がれる嘘《うそ》に少し驚く。もしかしたら、〈幽世〉での友人から、あまりよろしくない影響を受けているのかもしれない。

空洞淵の嘘の言葉にも、電話の向こうの笹井は、よかった、と安堵を零した。騙《だま》していることに良心が痛むが、さりとて本当のことも言えないのだから仕方がない。

「間もなく仕事にも復帰できると思います。病棟業務に負担を掛けてしまって申し訳ありません」

『いえ、負担なんて全然！　私はただ、空洞淵先生とお話ができなくて寂しかっただけで――』

笹井は妙なことを言う。空洞淵の話など、別に面白くもないだろうに。

それからすぐに、笹井は漢方に興味を持っていたことを思い出す。

「もしよかったら、漢方診療科の小宮《こみ》山《やま》先生に話を通しておきましょうか？　小宮山先生のほうが、僕なんかよりもずっと漢方に詳しくて――」

『いえ、私は空洞淵先生とお話ししたいんです！』

急に強い語気で遮られて空洞淵は面食らう。すぐに笹井は、すみません、と謝った。

『……大声出してすみません。あの、病み上がりに変なことを伺って申し訳ないのですが……私のこと、どう思っていますか？』

「どう、とは？」

『その、ウザいとか、迷惑とか……』

「そういったことは全く思っていませんけど……」

率直な意見を述べると、途端に笹井は声を弾ませる。

『では、少なくとも第一印象において、マイナスな感情は抱いていないということですね？』

そこで一旦《いったん》言葉を切り、笹井は声に緊張を滲《にじ》ませて告げた。

『その……突然こんなことを言われても迷惑かもしれませんが……。もしよろしければ——私と付き合ってみるつもりはありませんか？』

「…………は？」

あまりにも急な展開に、間の抜けた声を返してしまう。

『あはは……。いきなりでびっくりしちゃいますよね。でも、とりあえず私の話を聞いてください』

空洞淵の困惑を予想していたように、笹井は言葉を続ける。

『実は私、春頃に空洞淵先生のことを知って、それ以来ずっと気になっていたんです。いつも眉間《みけん》に皺《しわ》を寄せて、怖いくらい真剣に仕事に専念していて……不思議に思っていました。どうしてこの人は、こんなに苦しそうなんだろうって。でも、十日くらいまえから、急に憑きものが落ちたみたいに柔らかい表情になっていて。病棟でも、これまでよりもずっと自然体で患者さんや私たちに接してくれて……正直びっくりしました。びっくりしすぎて……グッときちゃいました』

「――――」

十日くらいまえ、ということは、おそらく〈幽世〉から戻った直後だろう。〈幽世〉で七ヶ月もの間過ごしているので、多少はあちらの世界での体験に影響されて変わっているかもしれないけれども……それほど明確に違っていたのだろうか。

『それで、気づいたら空洞淵先生を目で追っていまして……。だから、売店でたまたま一緒になったとき、思い切って声を掛けたんです。私、自由人なので我慢とか駆け引きとか、そういう面倒なことできない性格なので』

そういえば、笹井は好きなものは季節に関係なくいつでも食べたいタイプなのだった。

『それでせっかく少し仲良くなれたと喜んでいたのですが……。急に空洞淵先生は仕事を休んでしまって。……会えなくなった途端、心に穴が空いたみたいに、寂しくなってしまって。それでやっと、これは恋なんじゃないかって、思ったんです』

何と言うか、〈幽世〉でさえここまでシンプルかつ真《ま》っ直《す》ぐな好意を向けられたことがないので、気恥ずかしさを覚えるよりも困惑が先立ってしまう。

でも、素直に好意を告げられることは、心地よくもあった。そもそも笹井のことは、さっぱりしていて好ましい性格をしていると思っていたのだ。

相性はいいほうだと思う。

『空洞淵先生に恋してると思ったら、もう居ても立ってもいられなくなってしまって……。それでこうして夜分遅くと知りながらも、お電話してしまった次第です。そんな私ですが、どうでしょう？　こう見えて、結構尽くすタイプです』

「――気持ちはとても嬉しく思います」

だから、もしかしたら笹井と過ごすような未来もあったのかもしれないけれども――。

「でも、ごめんなさい。僕には、大好きな人がいるんです」

これ以上、期待を抱かせるまえに、空洞淵は結論を告げる。

また小さく息を呑む音。ショックを受けたような、引きつった声が耳から離れない。

「その人と約束したんです。これからはずっと一緒にいるって。だから……あなたの気持ちには応《こた》えられません」

電話の声は、数秒の沈黙の後、わかりました、と言った。

それからすぐにまた、明るい声色に変わる。

『——すっきりしました！　病み上がりで大変なときに、訳わからないこと言ってすみませんでした！　どうか今日のことは忘れてください！　仕事に復帰したら、また漢方のこと色々教えてくださいね！　漢方に興味があるのは、嘘じゃないんで！』

早口で一方的に捲《まく》し立ててから、それではお休みなさい、と笹井は電話を切ってしまった。

無機質な電子音だけが耳に残る。

……笹井を傷つけてしまった。申し訳なさを覚えながら、スマホを仕舞い込む。

針で刺したように、一度胸が痛んだ。

この痛みは——選択の代償だ。

あるいは、〈現世〉で暮らす選択もあったのかもしれない。笹井との交際も、病院で働き続ける日々も、可能性の一つだった。けれども、空洞淵は〈幽世〉へ戻ることを選択したのだ。

今さらその選択を覆《くつがえ》すつもりはない。

――綺翠にとって、安心して素の自分を曝《さら》け出せるような本当の相棒になれたらいいなと思う。

想《おも》いを告げたとき、一緒に言ったその言葉を、今でも全うしたいと願っている。

痛みを噛みしめながら、それでも覚悟を示すように空洞淵は歩みを進めた。


それから間もなく、空洞淵は目的地である東雲神社に到着する。

短い石段の上には、今も緋色《ひいろ》の鳥居が覗いている。夜間は閉鎖されているかな、とも気を揉《も》んだが、幸いなことにそういった気配はない。ただ、夜間参拝者へ向けた照明なども特別に用意されている様子はなく、鳥居の向こうには本能的な忌避感を覚えるほどの暗闇が広がっていた。月明かりもないため、一寸先だって見えない。

間もなく時刻は、午前零時になろうというところ。神社の様子は変わらず。

さて、これからどうしたものかと、鳥居の前で腕組みをしたとき――鳴るはずのない手の中の鈴が、チリンと涼やかな音を奏《かな》でた。

7 〈幽世〉

煌々《こうこう》と燃え盛る篝火《かがりび》に囲まれて、御巫綺翠は舞い続ける。

緋の鳥居の前に即席で組まれた神楽《かぐら》舞台が、綺翠の踏み込みで軋《きし》む。境内に集まった人集《ひとだか》りは、一言も声を発することなく、食い入るように綺翠の舞いを見守っている。

綺翠の舞いは緩急自在だ。時に激しく、時に緩やかに。人類の極致とも言える動作をくり返し、見る人を飽きさせることなく魅了し続けている。

神楽舞が始まってから、すでに半刻《はんとき》が経過していた。その間、綺翠はひたすらに舞い続けており、さすがに疲労の色が滲み始めている。

動作のキレなどは相変わらず凄《すさ》まじいが、氷の表情には苦悶《くもん》と玉の汗が浮かんでいる。

神社の正面入口に当たる緋の鳥居は、謂《い》わば厳重に閉ざされた異界への門。

綺翠はありったけの神楽を奉納することで、強引に門を突破しようとしているところだった。

時刻は間もなく日付を跨《また》ごうとしている。

淫靡《いんび》に輝く満月が、頂点を目指して天を駆ける。

次第に神楽舞台を中心にして、この世ならざる気配が漂い始める。人集りに混じった一部の怪異たちは、来たか、と迫り来るそのときを待ち侘《わ》びる。そしてただの人であっても、その尋常ならざる様子を肌で感じ取り、何かが起こりつつあるのだということを自覚していく。

だが、つまるところ人も怪異も、望むところは一つだ。

それすなわち——空洞淵霧瑚の帰還。

皆、儀式の成功を、ただ見守ることしかできない歯がゆさに耐えながら、その時を待ち続ける。


——チリン。


不意に、場違いなほど涼やかな鈴の音がどこからともなく鳴り響いた。

それに呼応するように、神楽舞台の上の綺翠からも、チリン、と同じ音が響く。

綺翠は、綺淡から預かった鈴を大事に懐《ふところ》へ仕舞い込んでいる。つまり、本来であれば鈴の音が響くはずがないのだ。

あり得ないことが起きている——。

それはつまり、現実の現実性が希薄になりつつあるということに他ならない。

ならば、この世界を侵蝕《しんしょく》しつつある異界の正体は果たして——。

そのとき——にわかに緋の鳥居が輝き始めた。

周囲の人々から、驚いたように息を呑む声が漏れる。

鳥居の輝きは、やがて中心部へ向かって収束し、柱と貫《ぬき》と地面によって囲われた領域——すなわち、普段人々が出入りの際に潜《くぐ》り抜けている空間だけが、淡い光を放ち始める。

あまりにも常識を逸脱した現象。

それでも綺翠は、ようやく祈りが通じたことを感じ取り、舞いを止《や》めた。

正直に言えば、今すぐにでも座り込みたいほどの疲労感に襲われているが、これはまだ始まりにすぎない。

手ぬぐいで汗を拭ってから、改めて気合いを入れ直し、輝く鳥居の前に立つ。

淡い光の中から、冷気にも似た尋常ならざる気配が漂ってくる。

本当に、この先は〈現世〉に繋《つな》がっているのだろうか。あるいは、この先が地獄へ繋がっていたとしても、全く不思議ではない。

今さらながらまた激しい不安に襲われるが……ここまで来たらもう、前へ進むしかない。

覚悟を決めて、綺翠は一度振り返る。視線の先には、生まれたときからずっと綺翠を見守ってくれていた金色の賢者が立っている。

「――それでは、行って参ります」

今生《こんじよう》の別れになるかもしれない挨拶《あいさつ》。金糸雀は、愛娘《まなむすめ》の旅路を見送るような、慈《いつく》しみと寂しさが綯《な》い交《ま》ぜになった瞳を綺翠へ向けて、

「――いってらっしゃい」

とだけ告げた。

綺翠は、その温かい言葉に背中を押されるように、光の中へ飛び込んだ。

8 〈現世〉

鳴るはずのない錆《さ》び付いた鈴の音が響いた直後、にわかに鳥居が輝きだしたので、空洞淵は思わず一歩身を引いた。後ろには短いながらも石段があるのでこれ以上さがると危険だ。

鳥居が輝くなどということは、これまでの人生で一度も経験したことのない異常事態だったが、不思議と空洞淵は恐怖を感じなかった。その輝きから、温かさのようなものを感じ取ったからかもしれない。

鳥居の輝きは、やがて鳥居と地面によって仕切られた領域へ移っていく。

鳥居は神域と俗世を隔てる門だ。その入口が淡い輝きを放っているということは、この先が神域、あるいは異界に通じたのだろうか。

素人《しろうと》の空洞淵には判断ができない。しかし、尋常ならざることが起きているのは間違いないので、勇気を振り絞って光の中へ飛び込んでみようか、と思い始めたところで、突然光の中から人が飛び出して来た。

「――っ⁉」

反射的に、思わず抱き留める。その瞬間、ふわりと甘い香りが漂った。

ああ――と、ただただ感嘆の声が漏れる。改めて確認せずとも、腕の中の人物が誰なのかがわかる。

「――迎えに来たわ、空洞淵くん」

何よりも聞きたかった、大好きな人の声。空洞淵は、嬉しさのあまり目頭を熱くしながら、「……待ってたよ」と答えた。

腕の中の温かさに酔いしれながらも、いつまでもこうしていたいという欲求に抗《あらが》って身体を離す。

すぐ目の前に、見慣れた巫女《みこ》装束に身を包んだ御巫綺翠が立っている。

誰よりも、大切な人。

綺翠は空洞淵の目を真っ直ぐに見つめてから、興味深そうに周囲を見回した。

「ここが……〈現世〉？〈幽世〉とあまり変わりないわね」

「ここは、東雲神社と言って……綺淡さんの子孫の神社だよ。御巫神社が〈幽世〉へ行ってしまったあと、綺淡さんのお兄さんと、僕の先祖で、御巫神社を再建したんだって」

「それが今も続いているのね」感慨深げに綺翠は息を漏らす。「何だか不思議な気持ち。私の遠い親戚《しんせき》に是非とも会ってお礼を言いたいけれども……余計なことはしないほうがいいわね」

本来、起こりえないことをすれば、因果に歪《ひず》みを生じてしまう。綺翠は残念そうにしているが、こればかりは仕方がない。

空洞淵は淡い光を放つ鳥居を見て尋ねる。

「この先が――〈幽世〉へ繋がってるの？」

「ええ。間違いなく」綺翠は力強く頷《うなず》いた。「街のみんなが、空洞淵くんの帰還を願ったおかげで実現した奇跡よ。もちろん、空洞淵くんがこの場所へ辿《たど》り着いてくれたおかげでもあるけれども……。こんなこと、普通なら絶対に起こらないことよ」

遠く離れているどころか、時間軸すら異なっている二つの世界を繋げているのだ。それがどれほどの奇跡なのか……素人の空洞淵にだって容易に想像がつく。

一刻も早く飛び込みたい衝動に駆られつつも、必死に耐えて空洞淵は尋ねる。

「……少しだけ、時間に余裕はあるかな？」

「多少はあると思うけど……どうしたの？」

「…………」

濡《ぬ》れた瞳に見つめられて、空洞淵は答えに窮す。

ここへ来て、また少しだけ自分の決断が本当に正しいのかどうか迷ってしまったのだ。

だが、それでもすぐに迷いを振り切り、はっきりとした口調で告げる。

「――僕の感染怪異を、祓《はら》ってほしい」

空洞淵の提案に首を傾げる綺翠だったが、すぐに「わかったわ」と答えて、腰に帯びた小太刀の柄に手を添える。一度目を閉じて、スゥ、と細く息を吐く。

「──祓《はら》へ給《たま》へ、清め給へ。守り給へ、幸《さきは》へ給へ」

僅かに腰を落とし、綺翠は空洞淵を見据える。

次の瞬間──何かが鼻先を通りすぎた。右眼の視界が一瞬揺らぐ。半拍遅れて、鋭い風切り音が響いた。

綺翠は、先ほどまでと同じ、左手を鞘に、右手を柄に添えた姿勢のまま静止している。しかし、よく見るといつの間にか鯉口《こいくち》が切られ、輝く刀身が僅かに覗《のぞ》いていた。

「──恐《かしこ》み恐《かしこ》み白《まを》す」

その言葉を合図に、パチンと鯉口を鳴らして小太刀を納刀する。

どうやら……瞬《まばた》きするほどの間に、祓い終わったらしい。

自分の両手を見つめてみるが、変化らしい変化はない。だがそれでも、自分に憑《つ》いていた〈幽世の薬師《くすし》〉という感染怪異がすでに祓われていることだけは本能的に理解できた。

空洞淵は小さく安堵の息を吐く。

さて、ここまでは想定どおりだが──。

覚悟を決めて、綺翠に向き直る。綺翠は、何故《なぜ》先に感染怪異を祓ったのか理解できない様子で空洞淵を見つめている。

「これで、僕は本当に〈幽世〉へ行くまえの状態に戻ったわけだね」

「……そうね」

少し不安そうに、黒真珠のような瞳を揺らして綺翠は空洞淵を見つめる。

今、ここには空洞淵と綺翠の二人しかいない。空洞淵は、世界で一番大切な人に本心を語る。

「……〈現世〉へ戻されてから、ずっと悩んでたんだ。本当に僕は、〈幽世〉へ戻っていいのかどうか」

綺翠は黙って空洞淵の言葉に耳を傾けている。

「本音を言ってしまえば、迷うことなく〈幽世〉へ戻りたい。でも、感染怪異を祓われた今、僕は紛《まご》うことなくただの〈現世〉の人間だ。そんな人間が、〈幽世〉へ戻って薬師を続けてもいいものなのかどうか……いくら悩んでも、結局答えは出なかった」

「……再び、因果の歪みを生み出すかもしれないと危惧《きぐ》しているのね」

さすがは綺翠、話が早い。空洞淵は頷いた。

「いくら〈幽世〉の人に受け入れられても、客観的に見れば、どこまでいっても僕は〈幽世〉の異物でしかない。そして僕が薬師を続けて、人々を救うことは……間違いなく因果の歪みを大きくしていく行為だ。因果の歪みが大きくなったら、いずれそれは僕だけでなく、綺翠にも牙《きば》を剝《む》くことになるかもしれない」

「でも……空洞淵くんは、薬師としての生き方を変えられない」

すべてを見透かしたような綺翠の言葉。胸の奥に込み上げるものを感じながら、再び頷く。

「……生き方は、変えられない。だから、理性で考えれば、僕は〈幽世〉へ戻るべきではないのだと思う。でも僕は……〈幽世〉へ戻りたい。二つの考えが僕の中に混在していて、いくら考えても答えを一つに絞れなかったんだ」

「それで、先に感染怪異を祓わせたのね」ようやく得心がいったというふうに綺翠はため息を吐《つ》く。「まずは〈幽世〉へ来る以前の状態に戻ってから、改めて最後のことを選択するために」

綺翠の言葉に、しかし空洞淵は首を振る。

「いや……実はもう、選択は終わってるんだ。だからこれは……ただの人間に戻った上でも、その選択に変わりがないか、自問自答するためだよ」

改めて、自分に問う。

今ならば、〈現世〉での生活に戻ることができる。自由で快適で安全な生活に——。

でも、いくら考え直しても……選択は揺るがなかった。

真っ直ぐに、曇り一つなく、空洞淵は自分のこれからの将来を見据えている。

綺翠は、まだ少しだけ不安を滲ませながら空洞淵を見つめる。

「それで……空洞淵くんの選択を、聞かせてもらってもいい？」

「もちろん」

空洞淵は真っ直ぐに綺翠を見返しながら、そっと手を差し伸べる。

「――一緒に〈幽世〉へ帰ろう」

「……本当にいいの？」

不安げに揺れる瞳《ひとみ》。穏やかに微笑《ほほえ》み返して、空洞淵は続ける。

「生き方を変えられないなら、もうその生き方を貫くしかない。だから……もし、本当に改めて〈現世〉と〈幽世〉を繋げることができたなら、僕はただ自分の本心に従うことに決めたんだ。その選択の結果、何か問題が起こったならば……またそのときに対応を考えればいいだけのことさ。だって、遠く離れた二つの世界を繋げることができたんだよ？　僕らが力を合わせれば、乗り越えられない問題なんか、何もないさ。だから――改めてよろしくね、綺翠」

「――うんっ」

綺翠は、声を震わせて空洞淵の手を取った。

久しぶりの触れ合い。たったそれだけで、心が蕩《とろ》けそうになる。

「何が起こっても、私が空洞淵くんを守ってあげる。空洞淵くんだけじゃない。〈幽世〉中の人を守るのが私の使命だもの。だからその代わり……私のことは、空洞淵くんが守ってね。二人一緒ならきっと――怖いものなんか、何もないから」

綺翠は、輝く鳥居へ向かって歩き出す。空洞淵もその隣を進む。

鳥居の前で二人は立ち止まり、どちらからともなく見つめ合う。

「……綺翠」

「――はい」

「これからは……ずっと一緒だよ」

重なる視線。絡み合う指。交わる温度。互いの決意はやがて一つになる。

再び歩みを進め、どこまでも続きそうな光の中へ、二人の影は溶けていく――。

あとには夏の残滓《ざんし》だけが、微睡《まどろ》むように漂っていた。

もう――セミの声は聞こえない。

エピローグ

最近急に目が見えにくくなってしまった、という主訴の中年女性の話を聞き終えてから、空洞淵霧瑚《うろぶちきりこ》は穏やかに語る。

「――先日から春土用に入ったので、脾《ひ》の気が亢進《こうしん》して腎《じん》の気を抑えつけてしまっているのだと思います。五行説でいえば、土剋水《どこくすい》ですね。眼は水気に属しますから、腎の気を抑えられるこの時期、急にものが見えにくくなることがたまにあります。こういうときに土気を増す甘いものを食べると、脾の気がますます亢進して手が付けられなくなるので、土用が終わる来週までは甘いものを控えるようにしてください。一応今回は、腎の気を補う薬をお出ししておきましょう」

空洞淵の説明を聞いて、女性は嬉《うれ》しそうにわかりました、と答えた。

手早く調剤を終え、女性に五日分の処方を渡すと、

「やっぱり先生が戻ってきてくれてよかったわぁ」

とニコニコしながら店を去って行った。空洞淵は温かい気持ちになりながら、店の外までその背中を見送った。

午前の診療の最後の患者だった。朝からひっきりなしに患者が現れて対応に追われていたため、ようやく一息吐《つ》いて空洞淵は大きく伸びをした。

空洞淵が〈幽世《かくりよ》〉へ戻ってきてから早くも一週間ほどが経過していたが、ようやくこれまでどおりの平穏を取り戻せたような気がする。所謂《いわゆる》、日常と呼ばれるものだ。

店内へ戻り、囲炉裏にかけていた湯で茶を入れる。

そのまま囲炉裏の側《そば》に腰を下ろし、お茶を飲みながら、少しだけここ数日の出来事を振り返る。

あれから。

光る鳥居を抜けて無事に〈幽世〉へ舞い戻った空洞淵は、万雷の拍手によって迎えられた。

境内の篝火《かがりび》によって明るく照らされた人々の顔は、見知った人ばかりだ。彼らの溢《あふ》れんばかりの笑顔を見て、改めて〈幽世〉へ戻ってこられたのだということを再認識し、空洞淵も涙ぐみそうになる。

だが——感動の再会もそう長くは続かなかった。綺翠《きすい》から、穂澄《ほずみ》が具合が悪くて寝込んでいると聞き、空洞淵は慌《あわ》てて母屋《おもや》へ駆け込んだ。境内の人集《ひとだか》りは、幾分不完全燃焼だったようだが、結局そのまま自然解散になったようだ。

姉妹の寝室で、穂澄は苦悶《くもん》の表情を浮かべて眠っていた。起こすのは忍びなかったが、さりとてこのまま眠り続けても回復するようには思えなかった。

軽く掛け布団《ぶとん》を揺すり、穂澄、と呼び掛ける。何度かそれをくり返したところで、ゆっくりと穂澄は瞼《まぶた》を開いた。

「……おにい、ちゃん？」

まだ夢見心地なのか、掠《かす》れた声で呟《つぶや》く。空洞淵は穏やかに微笑《ほほえ》み掛けて、すっかり痩《や》せてしまった穂澄の手を握る。

「ただいま。心配掛けてごめんね。もう穂澄を置いて勝手にどこかへ行ったりしないから……安心して」

しばらくぼんやりとした焦点の定まらない瞳《ひとみ》で空洞淵を見つめていたが、やがてそれが夢ではないことに気づいたのか、大きな瞳にいっぱいの涙を浮かべてから空洞淵に抱きつき、声を上げて泣き出した。

　空洞淵は嗚咽《おえつ》に震える少女の背中をそっと撫《な》でてやる。こんなに小さな身体《からだ》の中に、これまでたくさんの不安を押し込めていたのだ。あれだけ色々なことが重なったのだから、それは具合が悪くなるのも当然だ。

　それから、何とか穂澄を宥《なだ》めて、早速診察を始める。

　力なく沈んだ細い脈。所謂緊脈と呼ばれるものだ。水気や冷えが深いところで絡《から》んでいるようだ。

　熱はなく、他にも表側の症状はなさそうだ。食欲はないが、喉《のど》が渇くという。

　すぐに空洞淵は、『傷寒雑病論』の記述を思い出す。

少陰之為病脈微細但欲寐也

　少陰、とは太陽の裏に当たる。陽気が衰弱し、そこに水気や冷えが絡むことで脈が微細になり、そしてただ横になって寝ていたくなる——それが少陰病だ。

　他に主訴もなさそうだったので、ひとまずは水気を捌《さば》いてやることが肝要だ。

　空洞淵は急いで〈伽藍堂《がらんどう》〉まで走ると、目的の処方を作り、また神社まで走って帰る。

深夜ということもあり、朱雀院《すざくいん》と釈迦堂《しゃかどう》が念のためと同行してくれた。

そうか、ここはもう〈現世〉ではないのか。

深夜、一人で出歩くことは命の危機に直結するのだということを、今さらながらに思い出した。

ちなみに、朱雀院と釈迦堂は空洞淵の帰還を我が事のように喜んでくれた。

「よかったじゃねえか、空洞の字。大変なことになってるって聞いてたが……おまえさんなら何とかなるって信じてたぜ」

「いやはや、旦那《だんな》がいないと暇つぶしに困りますゆえ、戻ってきていただいてありがたい限りですよ、本当に」

何だかんだでこの二人も心配してくれていたらしい。数少ない知人たちに、ただいま、と改めて告げておく。

神社へ戻ると、早速煎《せん》じてきたばかりの薬を穂澄に飲ませる。

少陰の葛根湯《かっこんとう》とも呼ばれる処方——真武湯《しんぶとう》だ。

深くに絡んだ水気を払い、陽気を補うことで少陰病を治療していくものになる。真武とは、古代中国の水神で一般的には『玄武』の名で知られている霊獣だ。

一口飲ませてから、一瞬だけ空洞淵は不安に襲われる。

もしも、〈幽世の薬師《くすし》〉がちゃんと祓《はら》われていなかったら――と。

しかし、すぐにそれは杞憂《きゆう》だとわかる。薬を飲み終えた穂澄は、力なく微笑むとまた眠りについてしまう。少なくとも常軌を逸した著効を示したわけではなさそうだったので、ひとまず空洞淵は胸をなで下ろした。薬が効くに越したことはないが、効き過ぎるのもまた問題なので、ゆっくり治していければいいと思う。

それから、静かに眠る穂澄を起こさないよう、空洞淵たちは居間へ移動する。

すでに朱雀院たちや従者たちは先に帰らせているため、残ったのは、空洞淵と綺翠、そして金糸雀《カナリヤ》と月詠《つくよみ》の四人だけだった。

「――主さま、よくぞご無事に戻られました。ご帰還を心よりお喜び申し上げます」

金糸雀は床に手を突いて深々と頭を下げた。空洞淵が〈現世《うつしよ》〉へ戻る直前の金糸雀は今にも死んでしまいそうなほど弱り切っていたので、こうして元気な姿を改めて見ることができてとても嬉しかった。

顔を上げる金糸雀。

その白い額に、彼女の象徴でもあった第三の瞳はもうない。

彼女を苦しめていた因果の歪《ひず》みは、綺麗《きれい》さっぱりなくなったのだ。おそらくこれで、彼女たちは本来の不老不死へと戻ったのだろう。

――と、そこであまりにも初歩的な疑問が湧《わ》いた。

「あの、つかぬことを伺うけど……そもそもきみたちは、何の怪異なの？」

二人が八百比丘尼《やおびくに》ではないことは、以前にも証明したとおりだが、ならば実際には何なのかと聞かれてもよくわからない。世界を作り出したり、異なる世界を行き来したりするくらいなのだから、強大な怪異であることは間違いないけれども……。

金色と白銀の少女たちは、互いに顔を見合わせてから、意味深に微笑む。

「それは――乙女の秘密でございますよ」

金糸雀からニッコリ笑顔でそう言われてしまったら、空洞淵もそれ以上は突っ込めない。乙女の秘密なのであれば、わざわざそれを暴《あば》こうとするのは無粋の極みだ。

「しかしながら、主さま。これから……また少々忙しくなりますよ」

金糸雀は、どこか試すように空洞淵を見つめた。

「ご覧のとおり、わたくしは額の眼を主さまへお返ししました。そしてその結果、〈幽世〉を見守っていた〈千里眼〉も失っています。ということは、これまでわたくしが〈千里眼〉によって知覚して人知れず解決してきた様々な問題が、一気に表に出てくることになります」

賢者の言葉を頭の中で反芻《はんすう》して、空洞淵は思わず顔を引きつらせる。

「……ちょっと待って。〈幽世〉の問題って、月詠が色々悪さをしていただけじゃないの？」

「とんでもない」月詠は大げさに否定する。「私のしていたあれこれなど、氷山の一角にすぎませんよ。何しろここは、人と怪異が共に暮らす世界です。騒動など、それこそ日常茶飯事です」

確認を取るように空洞淵は綺翠を見やる。彼女もまた、さも当然のように頷《うなず》いた。

「もちろん、わたくしもこれまでどおり可能な限り対応して参りますが……それでも、わたくしの認知に限界がある以上、すべてに対応することは不可能になります。ならば当然、主さまの元へ持ち込まれる騒動も今後は増えていくことでしょう」

「……どうして、祓い屋の綺翠たちじゃなくて、ただの薬師の僕のところへ？」

「どうして、と言われましても」そこで金糸雀は悪戯《いたずら》っぽい目を向ける。

「主さまは、人と怪異の問題を取りなす専門家でいらっしゃいますから。〈伽藍堂〉とは、そういう場所でございましょう？」

「…………」

今さらながらに思い出す。

死神騒動の最中《さなか》——日中の街に死神が現れたとき、何故《なぜ》か街のみんなは空洞淵に助けを求めに来たのだった。何でも、空洞淵ならば怪異絡みでも何とかしてくれると街で噂《うわさ》になっているのだとか……。

将来に対して言い知れない不安を覚え始める空洞淵を見て、金糸雀は少女のように笑った。

「うふふ……。主さまが作り上げる、新しい〈幽世〉の姿が今から楽しみで仕方がありません」

助けを求めるように空洞淵は綺翠を見る。綺翠もまたどこか意味深な笑みを浮かべていた。

「——期待してるわ、伽藍堂のご主人様」

月詠の騒動が落ち着いた今、のんびりとした日常がやって来ると思っていた矢先に出鼻を挫《くじ》かれてしまう。もしかしたら……今後は、これまでよりもさらに多くの大小様々な騒動が持ち込まれるのだろうか。

何となくげんなりしていたところで——折を見たように月詠が立ち上がった。

「——それでは、私はこれにて失礼させていただきます」

その碧羅《へきら》の双眸《そうぼう》に微《かす》かな憂《うれ》いを感じ取り、空洞淵は思わず尋ねた。

「どこかへ……行くつもりかい？」

「旅に、出ようと思います」月詠は穏やかに答えた。「姉様《あね》を救うためとはいえ、私はたくさんの方にご迷惑を掛けてしまいました。目的を達した今、もはや街にはいられません。のんびりと漫遊にでも出て、知らない土地で綺淡《きたん》様とばったり邂逅《かいこう》したりするのも面白そうです」

そこで月詠は姿勢を正し、改めて空洞淵たちを見つめる。

「霧瑚様、そして綺翠様。この度は、誠に申し訳ありませんでした。——そして何よりも、姉様をお救いくださいまして、誠にありがとうございます」

万感の思いを込めるようにそう告げて、月詠は深々と頭を下げる。

三百年もの長きにわたる壮大な目標だったのだ。その全貌《ぜんぼう》を知る空洞淵としては、今さら文句も言えない。

結果的に——万事が上手《うま》くいったのだから、それでいいではないか、と暢気《のんき》に構える。

それから三日後に、穂澄もすっかり元気になった。元々、空洞淵が突然いなくなったことが発端だったのだから、空洞淵も綺翠も金糸雀も元に戻った今、いつまでも罹《り》患《かん》している理由はない。空洞淵の処方がどの程度効いたのかは定かでないけれども……少なくとも常軌を逸した神効を示したわけではないので、やはりちゃんと〈幽世の薬師〉は祓われていたらしい。
これで本当に――すべて元どおりだ。

＊

概《おおむ》ね最良の結末を感慨深く思いながらお茶を啜《すす》っていると――。

「――空洞淵くん、いる？」

巫女《みこ》装束を纏《まと》った髪の長い女性が店内へ入ってくる。改めて確認するまでもない。最愛の人、御巫《みかなぎ》綺翠だ。

「ちょうど今、一区切りついたところだよ」

微笑み掛けて迎え入れる。綺翠は、お邪魔します、と言って框《かまち》を上がった。

綺翠に座布団を出し、二人並んで囲炉裏の前に座る。彼女の前にも湯飲みを置くと、ただ一言、ありがとう、とだけ答えた。

綺翠はお茶を手にしたまま、等身大の日本人形のように無言で座り続ける。

何しに来たの――、などと無粋なことはもう聞かない。暇を見てわざわざ空洞淵に会いに来てくれたのだとわかっていたから。

思い返してみれば、〈幽世〉へ戻ってきてから忙しい日が続いたので、こうして二人きりでのんびりするのはとても久しぶりだった。

空洞淵は、言いようのない幸福感に包まれる。

しばし、心地よい沈黙に身を委《ゆだ》ねる。

不意に綺翠が口を開いた。

「……ねえ、空洞淵くん。本当に〈幽世〉へ戻ったこと後悔してない？」

「どうして？」

尋ね返すと、綺翠は黒耀《こくよう》の双眸を不安げに揺らして答える。

「……あのときは、〈幽世〉へ戻る選択は揺るがないと答えてくれたけれども。やっぱり空洞淵くんが〈現世人〉である事実は変わらないし、もしかしたらまた不便な〈幽世〉で生活したら〈現世〉へ戻りたくなってないかなって、心配になって……」

「揺らいでないよ、今もね」

空洞淵はそっと綺翠の手を取る。

「このまえも言ったけど、これからはずっと一緒だ。僕はもう、正真正銘〈幽世〉の住人だよ」

「――そう」

安堵《あんど》の息を漏らして、綺翠は穏やかに微笑んだ。

「じゃあもう、杞憂は捨てるわね。疑うような真似《まね》をしてごめんなさい」

「気にしてないよ。それだけ僕のことを想《おも》ってくれてるってことだからね」

「……うん」

綺翠は空洞淵の肩に身体を預けてくる。優しい重み。それを受け入れるように、空洞淵は彼女の細い肩を抱いた。

選択は変わらない。

人生は何が起こるかわからないけれども……この決意が揺らぐことはない。

空洞淵は決めたのだ。

綺翠と共に、そして愛すべきこの世界の住人とともに、この先の人生を歩んでいくことを。

〈幽世の薬師〉という、万能の感染怪異としてではなく。

ただの、〈幽世の薬剤師〉として——。

柔らかな初夏の風が吹き込んでくる。

二度目の夏はもう、すぐそこまで来ていた。

本書は新潮文庫のために書き下ろされた。

イラスト　こより
デザイン　川谷康久（川谷デザイン）

幽世《かくりよ》の薬剤師《やくざいし》6

新潮文庫　こ－74－6

令和六年三月一日発行
令和六年三月二十日二刷

著者　紺《こん》野《の》天《てん》龍《りゅう》
発行者　佐藤隆信
発行所　株式会社新潮社
郵便番号　一六二―八七一一
東京都新宿区矢来町七一
電話　編集部(〇三)三二六六―五四四〇
読者係(〇三)三二六六―五一一一
https://www.shinchosha.co.jp
価格はカバーに表示してあります。

乱丁・落丁本は、ご面倒ですが小社読者係宛ご送付ください。送料小社負担にてお取替えいたします。

印刷・錦明印刷株式会社　製本・錦明印刷株式会社

ISBN978-4-10-180281-7 C0193